BAHOE

BOOKS

MARLENE
STREERUWITZ

SO IST DIE WELT GEWORDEN.

DER COVID-19-ROMAN.

Marlene Streeruwitz
So ist die Welt geworden.

Durchgesehene Neuauflage

ISBN 978-3-903290-42-6

bahoe books | Wien 2020

bahoe books
Fischerstiege 4–8/2/3
1010 Wien

bahoebooks.net

Inhalt.

SEASON 1.

Episode 1.

Wien, 20. März 2020.

«Was machst du jetzt?» hatte sie sich gefragt. Betty Andover als Auskunftsperson?

Tagebuch. Tagebuch schreiben. Zur Coronakrise. Zum Coronalockdown.

Die Anfrage war vom Standard gekommen. Drei Tage ihrer Quarantäne sollte sie beschreiben. In 7.000 Zeichen. «Frau Andover.» hatte die Redakteurin gemailt. «ich will sie da dabei haben.» Und sie hatte drei Tage zugewiesen bekommen.

Tagebuch simulieren? Oder wollte sie wieder Tagebuch schreiben? Sie hatte das nur in den schlimmsten Zeiten geschafft. Aber da hatte sie die Selbstmordgedanken vom Alltag trennen müssen. Da war so eine Tagebuchführerei eine Hilfe gewesen. Jetzt. In der Quarantäne. Sie war schon eine Woche vor allen anderen in die freiwillige Selbstisolation gegangen. Sie war in Südtirol gewesen. In Bozen. Sie hatte eine Lesung da gemacht. War also in der Öffentlichkeit gewesen. Der Saal war voll gewesen. Ein niedriger Saal. Eine neue Bibliothek. Aber genau deshalb. Weil es schon so lange dauerte. Was hätte sie in ein Tagebuch eintragen können? Wie die Kleinteiligkeit der durchwarteten Zeit schildern? Wie schildern, dass jeder Augenblick alles Warten war und sie dann aber mit einem Mal keine Ahnung hatte, wie die Zeit nun vergangen war? Und keine Erinnerung? Keine Erinnerung an diese Zeiten? Bewusstlosigkeit? War das nicht Bewusstlosigkeit? Und die Ungewissheiten? Rechnete sie nicht immer wieder und immer wieder durch, wann sie das letzte Mal Kontakt gehabt hatte? Wann das letzte Mal die Gelegenheit gewesen war, dass sie sich angesteckt haben hätte können? Waren es schon 14 Tage, die vergangen waren? Oder war es der Atem von diesem Mann in der Bäckerei? Hatte sie nur seinen Mundgeruch aufgenommen, als er sich von der Theke wegwendend an ihr vorbeigegangen war? Oder hatte er ihr auch ein Tröpfchen mit dem Geruch mitgeschickt. Trug sie schon längst eine dieser orange eingefärbten Stachelkugeln von Virus mit sich herum? Schnappten ihre weißen Blutkörperchen schon nach diesen Stachelkugeln? War der Ringkampf schon losgegangen und sie wusste noch nichts davon? Und hatte sie nicht immer ein kleines Defizit bei den weißen Blutkörperchen? Beim großen Blutbild. Machten sich die Stachelkugeln schon daran, ihre Lungen in vollgesoffene Badeschwämme zu verwandeln? War dieses kleine Hüsteln nach dem Aufstehen schon ein Zeichen? Und warum war der Virus jetzt manchmal auch grün eingefärbt?

Sie war wütend. «Betty ist böse.» sagte sie zu ihrem Spiegelbild. Sie war das Leben allein gewohnt gewesen. Sie hatte sich für dieses Leben entschieden. Und jetzt musste sie so leben. Und alle anderen auch. Sie alle mussten in die Quarantäne gestopft philosophisch leben lernen. Gleich gemacht. Sie fühlte sich gleich gemacht. Auf die perfideste Weise gleich gemacht. Gleichheit. Das war für sie etwas anderes. Gleichheit. Die sollte bunt auftreten. In Vielfalt. In Durcheinander. In Lärm und Aufregung. Chaotisch. Ein Tanz. Ein Abenteuer hätte das sein sollen. Die gleich Berechtigten in ihrer Verschiedenheit. Aber das war ins Spitalshemd zusammengeschrumpft worden. Hinter Beatmungsschläuchen und nur noch dunkle Profile. Und warum? Warum war Schutzkleidung so oft türkis?

Sie war wütend. Sollte Gleichheit nicht ein Beschluss sein? Ein Beschluss nach langem Überlegen und Bedenken? Was bedeutete denn Gleichheit als Folge der Gleichmacherei einer

Ansteckung? War das Vernunft, wenn alle das befolgten? Und musste sie hoffen? Musste sie hoffen, dass doch etwas Gutes herauskommen konnte? Aber wie sollte es dieses Mal so sein? War nicht eine ihrer Ängste, dass sie so weggesperrt in einen reinen Gegenstand vewandelt werden konnte? War das ein Weg in die Verdinglichung? Und hatte sie nicht ihr ganzes Leben gegen diese Verwandlung angekämpft?

Tagebuch? Sie wusste nichts von diesen Tagen. Nichts von einem Tag. Und die Spiralen der Ereignislosigkeit mussten sich erst erlernen. Sie wusste vom Schlaf. Sie schlief immer mehr. Jeden Tag eine halbe Stunde mehr. Schön war das. Es war schön im Schlaf. Beim Einschlafen. Beim Aufwachen. Der Schlaf eine Umarmung und langsames Versinken und wieder Entwinden und der Tag weit weggehalten.

An diesem Abend. Freitagabend. Sonst. Sonst war sie an einem Freitagabend nie allein. Treffen. Essen gehen. Einladungen. Filmmuseum. Konzert. Am liebsten ging sie in ein Konzert. Während sie die Musik hörte, dehnte sich die Zeit des Wochenendes weit aus und keine Verpflichtungen und die Musik alles in Beschlag legen konnte. An diesem Abend beim Einschlafen. Sie hatte die Pressekonferenz des Bundeskanzlers angeschaut. Und bei dieser Pressekonferenz. Hatte der nicht wie Waldheim geredet? Hatte der nicht in diesem österreichischen Diplomatendeutsch geredet wie der Waldheim das getan hatte? Und hatte der Kanzler sich nicht auch wie Waldheim bewegt? Die Arme ausgebreitet und um Verständnis gerungen? Und wie konnte dieser Kanzler so fürsorglich für die Risikogruppe an alle appellieren und zur gleichen Zeit den Flüchtenden in Griechenland die Frontex an den Hals schicken? War es dieser Widerspruch gewesen, der den Waldheim im Sebastian Kurz zum Vorschein gebracht hatte?

Beim Einschlafen. Wie sollte dieser Widerspruch wieder ausgehalten werden?

Und warum hatte sie es einmal mehr nicht geschafft, den Küchenboden aufzuwaschen? Was sollten diese dummen Widerstände? War es nicht schlimm genug, dass sie die Knöpfe für die Bettwäsche nicht kaufen konnte? Hätte sie nicht geradezu Lust gehabt, ihre Bettwäsche in Ordnung zu bringen? Und wo war wieder diese eine dunkle Sportsocke geblieben? Wo war nun wieder dieses Sockenland, in dem sich alle diese verschwundenen Socken versammelten?

Und morgen. Sie musste sich aus dieser angespannten Untätigkeit herausretten. Sie musste.

Episode 2.

Wien, 21. März 2020.

Gleich nach dem Aufwachen. Noch während des Aufwachens. Aufwachend. Den Tag vor sich. Den Tag vor sich liegend habend. Der Tag war eine Fläche. Ohne Richtungen. Der Tag war ein Irgendwie. Planlos und schon erschöpft. Fast schon vorbei. Einen Augenblick. Kurz. Sie ließ sich in dieses Irgendwie gleiten. Die Wärme der Tuchent um sich. Eingehüllt und geschützt. Aber es war nicht wohlig. In der Angstgrube im Bauch. Gleich über dem Nabel. Da war etwas gestaut. Angestaut. Staute sich an. Und nein. Sie konnte keine Depression mehr durchstehen. In ihrem Leben. Keine Krise. Es war ihr so vollkommen unvorstellbar, ein einziges Mal mehr die Zeit, wie schon vergangen doch noch durchleben zu müssen. Und nun. Sich nicht bewegen dürfen. Keine Reise. Nicht einmal ein kleiner Ausflug. Sie wäre gern nach Neuberg gefahren. Hätte sich in diese Hallenkirche gestellt und danach im Gasthaus Moser ein Schnitzel gegessen. Gegen alle Diätmoden war ein Schnitzel immer hilfreiches Wohlbefinden geblieben. Kindheitsgenuss. Und essen. Das war ja das, was im lockdown übrig geblieben war. Genuss. Das war sorgfältig gekochtes Risotto. Aber kein Alkohol. Nein. Kein Alkohol. Alkohol wirklich nicht.

Im Bett. Sie lag da. Sie sollte ihre Dehnungsübungen machen. Morgendliche Bravheit. Sie erließ sich die Dehnungsübungen und erfand sich eine Figur. Sie brauchte jemanden. Sie brauchte den Rat und das Vorbild einer klugen und gesetzten Person. Sie überlegte den Namen. Sollte sie einfach eine ihrer LieblingsautorInnen anrufen. Einen oder eine herbeiholen, deren Romane sie so gut kannte. Oder lieber eine Romanfigur. Aber dann hörte sie die Nachbarn über sich rumoren. Sie musste aufstehen. Die begannen oft zu streiten nach dem Frühstück. Sie musste dann ins Wohnzimmer ausweichen. Im Wohnzimmer die Schüttung zwischen den Stockwerken dick genug, von oben nichts hören zu müssen. Fiorentina Evelyn, dachte sie. Eine Fiorentina Evelyn sollte das sein. Klug und gesetzt. Diese Fiorentina sollte nicht wie sie diesen gedehnten Augenblicken so ausgesetzt sein wie sie das war. Fiorentina würde ihr raten, sich nicht darüber zu wundern, warum es auf einmal so lange dauerte, den Geschirrspüler auszuräumen, sondern es zu tun. Fiorentina Evelyn würde ihr freundlich vorschlagen, den Küchenboden gleich nach dem Frühstück in Angriff zu nehmen. «Hygiene.» würde Fiorentina sagen. «Hygiene ist doch auch beruhigend. Das ist doch ein guter Grund.» Noch vor dem Duschen würde sie dann den Küchenboden aufgewaschen haben. Noch im Liegen fühlte Betty die Befriedigung, die das einbringen würde. Sie würde sich richtig gut fühlen dann. Sie musste das erst lernen. Sie hatte nie richtig gelernt, sich über den Haushalt zu freuen. Sie hatte nur kleine Fetischismen entwickelt. Bisher. Schön gestapeltes Bettzeug. Aber das war nie wichtig genug gewesen. Nie Zeit. Die Kinder. Dann die Arbeit wichtiger. Das Leben. Andere Personen. Nur für sich?

Betty sprang aus dem Bett. Fiorentina würde ihr auch helfen, nicht zu viel zu essen. Fiorentina war überschlank und perfekt frisiert. Eine zeitlos elegante Person. Eine Person, der die Socken nicht in der Wäsche einfach verschwinden konnten.

«Diese Rolle übernehme ich gern.» sagte Fiorentina und lächelte freundlich. Sie setzte sich neben Betty aufs Bett. «Und fangen wir gleich an.» setzte sie hinzu.

«Die Haare musst du dir waschen, auch wenn dich niemand sieht. Und nein. Kein Trockenshampoo. Beim nächsten facetime Anruf wirst du mir danken.» Fiona schüttelte freundlich den

Kopf. «Das mit dem Küchenboden. Den machst du doch nur nicht, weil du dich nicht mit der Situation abfinden willst. Aber so ein Widerstand. Der kostet nur deine eigene Kraft. Du solltest dich selbst schonen und das machen. Bring das hinter dich und freu dich über die Ordnung.»

Fiorentina folgte Betty ins Badezimmer und setzte sich auf die Badewanne. Betty war doch geniert. Sollte eine unsichtbare Freundin nicht diskret draußen warten, wenn sie auf der Toilette saß. Fiorentina grinste sie an und verschränkte die Arme. «Du glaubst ja nur, dass du dich über die Situation so schrecklich aufregen musst, damit du moralisch besser dastehst. Du hast doch nur diese riesige Angst, dass du als angepasst angesehen werden könntest. Da passt du ganz in deine Generation hinein. Aber. Was hast du für die Flüchtenden auf Lesbos denn getan. Bisher. Ja. Richtig.» Fiorentina rollte mit der Spitze ihres Schuhs die Badematte auf. «Gespendet hast du. Ja. Ja. Du kannst sagen, du hast einen Staat, der das erledigen soll. Dazu wäre der da. Aber da bist du hilflos wie alle. Du kannst allein nichts machen. Du hättest hinfahren müssen und jemanden herausholen. Das hast du nicht gemacht. Ich gebe zu, das wäre schwierig gewesen. Ja. Das wäre kriminell gewesen. Aber gemacht hast du es eben nicht. Und deshalb machst du deinen Küchenboden nicht, weil du dich überflüssig fühlst. Und das bist du ja auch. Risikogruppe. Diese Bezeichnung hast du dir nicht ausgesucht. Unter anderen Umständen wäre das schlichte Diskriminierung und du bist nicht gefragt worden. Und ja. Es ist ein Putsch. Das ist ein Putsch mehr in diesem Staat in den letzten Jahren. Aber jetzt. Du kannst nichts tun.» Fiorentina stand auf und stellte sich hinter Betty. «Ich werde nur noch in kleinen Geschäften einkaufen!» rief Betty dem Spiegelbild von Fiorentina zu. «Ich werde den höheren Preis zahlen, damit die weitermachen können.» Fiorentina lächelte maliziös und drückte Betty die Pinzette für das eine dunkle Haar am Kinn in die Hand. «Solidarität?» kicherte sie. «Zusammenhalt?»

Fiorentina verschwand ins Schlafzimmer und kam mit Bettys Brille zurück. «Die brauchst du aber schon.» sagte sie und lächelte herablassend freundlich. «Du wirst ja doch wieder bei H&M landen und wieder gerne das Blut übersehen, das aus diesen Einkaufstaschen tropft. Auch wenn die nicht mehr aus Plastik sind.»

«Ich habe noch nie bei H&M eingekauft.» rief Betty empört. War sie nicht eine Demonstrationsgeherin von Anfang an? Kaufte sie nicht immer bewusst ein? Versuchte sie nicht, so nachhaltig wie möglich zu sein? Und hatte sie nicht ein schlechtes Gewissen wegen der Schnitzel? Fiorentina zuckte mit den Achseln. «Du bist nur eine von vielen. Das wirst du jetzt begreifen müssen. Du bist in diese Masse hineingedrückt und wirst dich selber bald nicht mehr erkennen können.» Fiorentina ging in die Küche voraus. «Und wie willst das nun mit dem Küchenboden machen?» fragte sie. «Es ist wie 9/11.» sagte Betty zu ihrem Spiegelbild. «Nur umfassender.» rief sie Fiorentina nach. «Der Küchenboden wird davon nicht aufgewaschen.» rief Fiorentina aus der Küche zurück. Betty versuchte das eine lange Haar auf ihrem Kinn mit der Pinzette einzufangen. «Du willst mir sagen, der Küchenboden definiert mich jetzt? Das ist es, wohin ich gekommen bin. Willst du mir das sagen? Ja?» Betty hatte es geschafft. Sie drehte den Vergrößerungsspiegel nach allen Seiten. Ihr Kinn war glatt. Sie ging in die Küche. Konnten unsichtbare Freundinnen Kaffee kochen?

Episode 3.

22. März 2020. Wien.

Betty war früh aufgewacht. Es war eiskalt. Am Sonntag begann die Heizung erst um 8.00 Uhr. Dann erinnerte Betty sich, dass ja die Uhren um eine Stunde vorausgedreht worden waren. Was bedeutete das für die Heizung? Stellte die Uhr sich da auch automatisch um und sie bemerkte gar nichts? Blieb alles gleich und sie glitt mit? Wusste ihr Körper von der Umstellung und sie wurde sich selber wieder um eine Stufe fremder? Die Fragen fluteten auf sie ein und sie kroch tiefer unter die Decke. Das mit der Zeitumstellung. Sie musste sich das genau vergegenwärtigen. Sie verstand es dann einen Augenblick und dann gleich wieder nicht. Sie wollte ja auch nicht. Sie konnte ohnehin nichts machen.

Betty legte sich zurecht, mit ihren Dehnungsübungen zu beginnen. Sie hörte Fiorentina hüsteln. Sie hatte gedacht. Sie hatte gehofft. Angenommen. Wenn sie brav ihre Dehnungsübungen machte, dann bliebe Fiorentina verschwunden. Aber Fiorentina war trotzdem da. Sie saß auf dem weißen Sessel und hatte die Zierpölster auf dem Schoß, die für die Nacht da hingelegt wurden.

Fiorentina lächelte. «Wird es uns heute gelingen, deine Ängste zu überwinden?

Normal werden? Du solltest das endlich beginnen! Das ist ein anstrengender Vorgang, aber notwendig. Verstehst du? Es ist zerstörerisch. Es ist selbstzerstörerisch, auf eine psychotische Situation neurotisch zu reagieren.»

«Du meinst den Küchenboden?» Betty rutschte wieder unter die Tuchent. Fiorentina trug ein Pepitakostüm und dunkle Pumps, und ihre Frisur war makellos. Betty konnte so viel Perfektion nicht anschauen. «Ich will keine unsichtbare Freundin!» rief Betty und tauchte aus der Tuchent wieder auf. Fiorentina lächelte und schüttelte den Kopf. «Ach!» seufzte sie. «Alles Ausflüchte! Du musst alles hinter dir lassen. Alles. Sonst wirst du es nicht aushalten.»

Fiorentina stand auf und legte die Zierpölster hinter sich auf den Sessel. Sie streckte die Arme in die Höhe und reckte sich. Dann lehnte sie sich an den Kleiderkasten. «Du bist doch gesund. Das ist jetzt das Grundkapital. Du bist reich. Verstehst du? Damit bist du in der Lage, dich anzupassen. Ja. Ich weiß! Du warst dein ganzes Leben stolz, nicht angepasst zu sein. Aber genau das ist deine Stärke. Weil du es so genau genommen hast, wird dir die Anpassung ganz genau gelingen, und du wirst dich nicht verlieren dabei. Du wirst dich vorbereiten auf nachher. Nachher. Da werdet ihr euch alle anstrengen müssen, den Putsch zurückzubauen. Das wird richtig anstrengend. Also geh mit deinen Kräften vorsichtig um! Finde dich jetzt einmal ab! Ich weiß doch, dass du glaubst, wenn du die Rubbellose, die du auf der Post gekauft hast. Wenn du die nicht aufrubbelst, dass sich dann nichts verändert. Aber das ist magisches Denken, und du weißt, was das wieder heisst.»

Betty hatte sich im Bett aufgesetzt gehabt und hörte zu. Das war eine Predigt. Eine Sonntagspredigt. Sie hasste es, angepredigt zu werden. Sie hasste es, solche Gebrauchsanweisungen für sich selbst vorgetragen zu bekommen. Das war wie ihr erster Mann. Und ihr zweiter auch, wenn sie es genau überlegt. Diese ganze Beratungskultur war nichts anderes als eine einzige solche besserwisserische Predigerei. Frauenzeitschriftenanweisungen waren das. Überhaupt. Fiorentina war wie eine Person aus einer frühen Brigitte-Zeitschrift. Betty musterte Fiorentina. Wie konnte eine Person so früh am Morgen so perfekt frisiert sein. Und diese Schuhe. Solche Pumps hatte ihre Mutter getragen, weil ihr Vater das so gewollt hatte. Ihr Vater hatte das nie so gesagt. Nie so deutlich. Er hatte nur immer die Augen so zugekniffen und war drei Schritte zurückgetreten. Wenn die Mutter Pumps anhatte, hatte er gesagt, wie fesch die Mama wieder aussähe. Wenn sie die vernünftigen Schuhe anhatte, sagte er gar nichts und lächelte nur. Das war Schulung gewesen. Schulung im Tragen der von ihm gewünschten Schuhe. Natürlich hatte sie das damals auch nicht begriffen. Es war erst im Zusammenrinnen solcher Erinnerungen, dass so etwas sichtbar wurde. Aber.

Betty rutschte in den Pölstern hinunter. Sie zog die Tuchent über den Kopf. Ließ sich unter die Tuchent gleiten. War Fiorentina ein Trugbild ihrer Mutter? Die Kleidung? Die Frisur? Die Perfektion? Ihre Mutter? Betty hatte ihre Mutter nie schlampig angezogen gesehen. Nie ein Jogginganzug. Nie Jeans. Auch später nie. Betty war immer noch erstaunt, wenn sie eine ältere Frau in Jeans sah. Wenn Fiorentina aber eine Repräsentation ihrer Mutter war. Dann wollte sie sie nicht in ihrem Schlafzimmer haben. Betty setzte sich auf. Vielleicht wusste Fiorentina aber wirklich, wo die Socken hin verschwanden. Vielleicht konnte Fiorentina wenigstens dieses Geheimnis lüften. Fiorentina war mit ihrem Sermon fertig und war aufgestanden. Sie war ein wenig außer Atem vom vielen Reden. Vom Eindringlich-auf-sie-Einreden. Auch daran konnte Betty sich erinnern. Die Eltern waren immer erregt gewesen und hatten gekeucht, wenn sie ihre guten Ratschläge erteilt hatten. War das echte Sorge gewesen? Musste sie ihre Eltern neu beurteilen? Musste sie wegen des Coronavirus ihre Eltern besser verstehen? Plötzlich? Verständnis? Musste sie Verständnis entwickeln?

Fiorentina war ins Wohnzimmer davongegangen. Betty wollte nicht über ihre Eltern nachdenken. Sie wollte gar nicht nachdenken. Sie wollte einen Tag vor sich haben, an dem sie ihrer Wege ging. Wie sie wollte. Und jetzt wollte sie schlafen. Nachschlafen. Sie wollte schlafen, wann sie wollte. Sie war kein Kind, und sie wollte nicht als Kind behandelt werden. Und das wurde sie. Das wurden sie alle. Gehschule. Laufställchen. Da saßen alle auf ihre Laufställchen verteilt. Und wie war das mit Infektionen. Wenn sie nun überhaupt keine Keime mehr antraf. Wie war das mit dem Immunsystem? Blieb das immer wachsam? Oder musste das trainiert werden? Wie der Körper überhaupt? In Spannung gehalten? Sie musste das recherchieren. Später. Im Internet. Oder Gritta fragen. Die war Anästhesistin. Würde die so etwas wissen? Wer wusste so etwas? Und war ein gesundes Leben nicht mit Herausforderungen verbunden? Die Existenzängste, die sie jetzt hatte. Die sie haben musste. Wie alle andern auch. Die machten sie schwach. Wenn sie von diesen Ängsten überfallen wurde. Und es waren Überfälle. Aus den Zeitungsberichten. Aus den TV-Nachrichten. Aus den Telefonaten. Aus den zoomgesprächen. Aus den emails. Sie spürte dann, wie ihre Knie nachgaben. Auch wenn sie saß oder lag. Die Knie wurden glasig weich, und sie atmete zu flach.

Betty lag unter der Tuchent. Es war heiß. Dunkel. Sie wollte nicht. Sie ließ sich in die Verworrenheit des Aufwachens zurückfallen. Sie schlief dann bis spät in den Vormittag hinein. Es war schließlich Sonntag. Die Zeitumstellung hatte sowieso alles durcheinander gebracht. Betty beschloss dann, die Wochentage genau einzuhalten und den Küchenboden nicht aufzuwaschen. Das war Wochentagsarbeit.

Episode 4.

1. April 2020. Wien.

Betty hatte eine Maske gefunden. In der Kiste mit den Werkzeugen lag eine Maske aus dem Baumarkt. Als der Kanzler Kurz sagte, dass es in unserer, der österreichischen, Kultur ungewohnt sein werde, mit Masken herumzugehen, da war es ihr eingefallen. Sie hatte doch diese Maske im Vorjahr gekauft. Der Kanzler Kurz hatte bei der Verkündigung der Maskenpflicht so zur Seite geschaut, dass Betty dachte, er müsse ein Grinsen verbergen. Es musste total befriedigend sein, einer Nation das Tragen von Masken zu verbieten, 200 Euro für das Tragen einer Niqab zu kassieren, Vermummungsverbote zu erlassen und dann alle in die Vermummung zu zwingen. Das war ein Triumph an Führung. Oder war das die Vollendung von Verachtung? Hinter Fürsorge verborgene Verachtung des Führers für die Geführten? War das die Verwörtlichung von Verschleierung? Wurden sie mit solchen Maßnahmen versorgt, um sie alle in die Rebellion zu treiben? War das wie autoritäre Väter immer strenger wurden, die ödipale Reaktion endlich auszulösen und zu erledigen? Damit man sie endlich vollständig wegsperren konnte? Der Traum des Reaktionärs? Festungshaft für alle? War diese Zuspitzung eine Folge der Enttäuschung, wie brav die Maßnahmen eingehalten wurden? Oder der Versuch, es auszureizen? Herauszufinden, wann die Kinder zu weinen begannen? Endlich?

Aber das mit dem Weinen. Das erledigte sich auch ohne Maskenzwang.

Es war dann insgesamt ein Weintag geworden. Nachdem Betty 11 mal versucht hatte, ihren Antrag an den Härtefond der WKO zu senden und jedesmal ihre Angaben zu ihrem Einkommen und ihre Steuernummer als falsch zurückgeschickt worden waren. Und nachdem jedesmal erneut eine KUR-Nummer und eine GLN-Nummer von ihr verlangt worden war, die sie aber nicht hatte. Da hatte sie den ersten Anfall. Sie setzte sich auf ihren Lesefauteuil. Den hatte die Steuer nicht als Betriebsausgabe anerkannt. Sie fühlte sich deshalb ihrem Lesefeauteuil verschwörerisch verbunden. Sie saß da und schluchzte. Sie hatte gewusst, dass das irgendwann kommen würde. Das mit dem Weinen. Aber dass ein elektronisches Formular sie dahin bringen würde. Sie fühlte sich einsam und verloren. Wenn sie das mit diesem Formular nicht schaffte, dann hatte sie wirklich bald nichts mehr. Es war ohnehin kein Ersatz für die Absagen. In den Pressekonferenzen hatte das immer so fürsorglich geklungen. Härtefond. Millionen bereitgestellt. Milliarden sollten ausgeschüttet werden. Die 1.000 Euro, um die sie da ansuchte. Das war keine Schüttung. Das war eine Tröpfelei. Dürr war das. Das waren nicht einmal 10 Prozent der ausgefallenen Einkünfte. Über den Sommer musste sie mit dem leben, was sie bis dahin verdient hatte. Wie sollte das nun gehen. Die Steuer war gestundet. Aber wenn die Stundung aufgehoben wurde.

Sie saß da. Sie war verlassen. Sie konnte jemanden anrufen. Ja. Sie konnte auf facetime weinen. Sie konnte eine zoom-Konferenz einberufen und vor ihrer Familie herumweinen. Aber alle diese Dimensionen waren falsch. Waren das falsche Format. Sie hätte nur jemanden treffen müssen. Im Kaffeehaus. Darüber reden. Die andere Person wirklich da. Dann wäre das ironisch gegangen. Mit Achselzucken hätten sie über dieses Formular hergezogen, und sie hätten gelacht.

Und natürlich. Fiorentina war nicht da. Fiorentina konnte doch wenigstens im Zimmer sein und sie stoppen. Fiorentina hätte nur irgendetwas über Selbstmitleid sagen müssen, und sie hätte sich wieder in den Griff bekommen. Aber sie konnte sich auch wiederum nicht dazu bringen, Fiorentina herbeizurufen. Fiorentina würde wie alle immer nur fragen, ob sie auch alles auf dem Formular ordnungsgemäß ausgefüllt hatte, und was sie anklicken hätte sollen. Sie würde zornig werden und Fiorentina anfahren, ob sie glaube, sie sei ein Trottel. Fiorentina würde die Schultern ein wenig hochziehen und zum Fenster hinausschauen. Nein. So etwas brauchte sie nicht. Sie schluchzte noch einmal. Ja. Sie konnte hier sterben, und niemand würde es bemerken. Nicht rechtzeitig. Solche Internetmauern. So gegen den Bildschirm geschleudert. Keine Telefonnummern. Nur Internetformulare. Einem «Wir melden uns sobald wie möglich» ausgeliefert. Hilflos. Das machte wirklich nervös. Sonnengeflechtkrämpfe machte das. Und Sonne. Wenn das Wetter. Aber das Wetter war gleichgültig. Nach draußen. Das war mit schlechtem Gewissen verbunden. Alles war mit schlechtem Gewissen verbunden.

Sie ging wieder an den Laptop. Suchte nach diesen KUR und GLN-Nummern. Und in einer Anleitung stand es dann. Nebenbei stand es da. «Freie Dienstnehmer benötigen keinen KUR oder GLN.» In ihrer Steuererklärung stand, dass ihre Einkünfte aus selbstständiger Arbeit als Einzelunternehmerin kämen. Deshalb hatte sie auf Einzelunternehmerin geklickt. Als freie Dienstnehmerin. Nach einer halben Stunde hatte sie die Bestätigung, dass ihr Antrag angenommen worden sei. Also war sie nun freie Dienstnehmerin. Was war das. Dienst nehmen und frei sein. Da konnte doch nur die Auswahl der Dienstgeber die Freiheit bedeuten. Waren nun alle, die einen Roman von ihr kauften. Waren die ihre Dienstgeber und Dienstgeberinnen. Waren ihre Lesungen Dienstgebungen. Sie war nicht erleichtert. Das war auf einmal sehr schnell gegangen. Rasend schnell. Wie unbemerkt. Betty konnte sich nicht darüber freuen, das Sesam-öffne-dich gefunden zu haben. Die Augen rot vom Weinen. Sie druckte die Bestätigung aus und heftete sie vorne in den Steuerordner ein. Der Steuerordner. Sie hatte nur einen dünnen Ordner gehabt, als sie mit dem Einheften der Belege begonnen hatte. Das stellte sich nun als richtig heraus. Weder Einnahmen noch Ausgaben. Wenn sie bis Juni in der Quarantäne bleiben musste. Gleich waren die Existenzängste wieder da. Wie sollte das gehen. Sie wollte sich wieder auf ihren Lesefauteuil setzen. Aber da saß Edwin. Edwin. Das war der Mann, den sie vergessen hatte wollen. Was machte der da. Wie kam der da hin. Hatte der ihre Schwäche ausgenutzt. Hatte der ihr Unglück riechend sich zurück eingenistet. Sie hatte sich von ihm getrennt. Und würde der ihr nun von Neuem alles genau erklären. Was war das, was ihr Unbewusstes da produzierte. «Fiorentina!» schrie sie. «Fiorentina. Wie kommt dieser Mann hierher. Ich will diesen Mann nicht hier haben.»

Fiorentina trat in die Tür des Arbeitszimmers. Sie schaute Edwin an. Sie verzog ihren Mundwinkel. Dann zuckte sie mit den Achseln. «Ich habe ihn nicht herbeigezaubert.» Dann trat sie in das Zimmer. Fiorentina rauchte. Sie hatte eine Zigarette in der Hand. Fiorentina hatte ein Lodenkostüm an. Ein Landhauslodenkostüm. Trachtenpumps. Fiorentina hielt die Zigarette mit steifer Hand von sich weg. So hatte Betty geraucht. Als sie noch geraucht hatte, hatte sie die Zigaretten so steif von sich weg gehalten. Ungraziös war das gewesen, und ihr erster Mann hatte sich darüber immer lustig gemacht. Wenn sie schon rauche, dann solle sie die Zigarette bitte an sich halten, hatte er gesagt.

Sie müsse nicht so deutlich zeigen, dass sie das Rauchen ablehne, aber dem Rauchen ausgeliefert sei. Schwache Charaktere zeigten sich in solchen Widersprüchen, hatte er gesagt.

Betty ging ins Schlafzimmer und warf die Tür hinter sich zu. Das war zu viel an Ansammlung. Und warum war ihr Edwin in den Sinn gekommen. Sie hatte ihn wirklich vergessen gehabt. Hatte das mit der Maske zu tun. Die hatte sie gekauft, weil sie die Gartensessel auf dem Balkon weiß ansprühen hatte wollen. Der Verkäufer im Baumarkt hatte ihr die Maske angeraten. Man wisse nie, hatte er gesagt. Der Balkon hätte für den Besuch von Edwin gut aussehen sollen. Aber Edwin war dann gar nicht mehr gekommen. Sie hatte sich per Telefon von ihm getrennt. Für ein Trennungsgespräch wäre die Reise zu weit gewesen, hatte sie gedacht.

Episode 5.

6. April 2020. Wien.

Betty musste weinen. Betty musste fast weinen. In der Repubblica. Sie las die Repubblica jeden Tag, um ihr Italienisch zu verbessern. Das Bild des Papsts mit einem künstlichen Palmwedel in der Hand. «Nella basilica deserta.» stand darunter. Der Palmwedel war aus breiten, blonden Holzlocken gemacht, die auf einer langen Stange montiert waren. Solche Palmwedel aus hellen Holzspänen hatten sie gekauft. Wann war das gewesen. Sie hatte einen solchen Plamwedel noch in der Küche. Einen kleinen nur. Auf dem Regal mit den Erinnerungen steckte der in einer Vase aus Griechenland. Dumme, sentimentale, wunderbare Souvenire waren das. Wann waren sie zu Ostern in Italien gewesen? Wie lange war das her?

Auf dem Bild. Der Papst schaute sehr verloren drein. Er ist auch nur ein alter Mann, der sehr weit weg von zu Hause lebt, dachte sie. Es war aber das Wort «deserta», das sie fast zum Weinen gebracht hätte. In diesem «verlassen» war auch gleich die Wüste enthalten, in der die Verlassenheit gelebt werden musste.

Betty war mit heißem Kopf aufgewacht. Sofort hatte die Diskussion mit sich selber begonnen. War das Fieber. Oder war es nur einfach sehr heiß im Zimmer. Sie hatte sich sofort schlecht gefühlt. Sofort hatte sie sich gefragt, wo sie sich hätte anstecken sollen. Sie war nirgends gewesen. Am Freitag war sie einkaufen gewesen. Da hatte sie aber ihre Maske getragen. Und die Handschuhe. Sie hatte nichts direkt angegriffen. Die Hände gewaschen. Das ganze Ritual durchgespielt. Sofort. Alles war sofort. Nur dann war das Fieberthermometer nicht da, wo sie es suchte, und sie machte sich doch zuerst den Kaffee. Sie hatte versucht, über das «sofort» zu lächeln und sich zu beruhigen. Aber die Wangen waren heiß gewesen? Oder waren die Hände kalt? Das Fieberthermometer war dann in der Kommode neben dem Bett und nicht im Badezimmer im Medizinschränkchen. Dann. Noch vor dem Kaffeetrinken setzte sie sich hin, ihr Fieber zu messen. Da war aber nichts zu messen. 35.3 stand auf dem winzigen Display. Aber. Das hatte sie nicht beruhigt, und deswegen hatte sie fast weinen müssen. Beim Anblick dieses verlorenen alten Manns mit dem absurden Palmwedelnachbau in Rom und die basilica deserta.

Beim Hinausschauen. Betty starrte durch das Fenster auf die Straße. Rutschte das Draußen nicht immer weiter weg? War dieser Sonnenschein da draußen überhaupt noch echt? Hatten die Bilder auf dem Bildschirm die Wirklichkeit übernommen? Manchmal. Beim Anschauen von irgendeiner alten Fernsehserie. Manchmal auch beim Lesen. Nach dem Ende. Das war wie beim Aufwachen aus einem Traum vom Fliegen. Als würde sie auf ihren Fauteuil zurückfallen. Herunterfallen. Hineinfallen. Und? Musste sie hinaus? Heute? Überhaupt? Wollte sie überhaupt noch hinaus? Auf die Straße? Ins Freie?

Konnte sie sich überhaupt noch erinnern? Wollte sie sich erinnern? Der kleine Palmwedel in der Küche. Sie wollte sich gar nicht bemühen, sich zu erinnern, wann sie den gekauft hatte. Sie wollte gar nicht herausfinden, ob das in Vicenza gewesen war oder in Bologna. Wie weit das zurücklag? Oder wie nah?

Sie war schlaff. Erinnerungen. Die waren anstrengend geworden. Auch die nahen Erinnerungen. Sie hatte gedacht, sie würde den letzten Besuch in einem Restaurant vor dem lockdown nicht vergessen können. Nicht vergessen wollen. Dieses Bild aufbewahren. Hüten. Die Erinnerung in die Zukunft drehen. Aus der Erinnerung das Licht am Ende des Tunnels machen.

Das war nämlich wirklich ein Lichtblick gewesen. Ganz wörtlich so. Dieser letzte Restaurantbesuch vor der Quarantäne. Sie waren beim Gärtner gewesen. Noch schnell. Die Gartenfreundin und sie. Am 12. März. Da war noch nichts angeordnet gewesen, aber sie hatten schon nicht mehr geküsst oder Hände geschüttelt. Zum Gärtner war Betty gefahren, sich ein Rosenbäumchen zu holen. Das Rosenbäumchen sollte der Trost für die entgangene Leipziger Buchmesse sein. Der Trost für die entgangene Preisverleihung und all die Treffen und Bekanntschaften, die so etwas mit sich brachte. Das Rundherum und Gedrängel eines solchen Auftritts.

Im Restaurant. Wenn sie sich anstrengte. Sie konnte sich in dem Licht da sitzen sehen. Die Erinnerung ist dann lichtdurchflutet. Sonnenüberflutet. Es war ein strahlender Frühlingstag. Dieser 12. März. Sie saßen im vorderen Gastraum, und durch ein langgezogenes Fenster hoch oben unter der Decke im hinteren Gastraum kommt dieses Sonnenlicht herein. Weißhell macht das die Räume.

Im Gasthof Sodoma «Zur Sonne». Sie war da früher oft hingefahren. Meist mit Freund M. Freund M. Das war schon lange her. Freund M. Soziologen würden sagen, die Sache mit Freund M. Das hätte eine Essensgemeinschaft dargestellt, würden die feststellen. Aber das war erst am Ende so. Zu Beginn. Für Betty war das Freundschaft gewesen. Freundliche, geschwisterlich intime Freundschaft. Vertrautheit. Im Suchen nach guten Lokalen rund um Wien waren sie auch nach Tulln in den Gasthof «Zur Sonne» gekommen.

Da gab es perfekte österreichische Küche und einen großen Gastgarten mit einer schattenspendenden Kastanie. Betty fuhr dann auch mit den Kindern zum Sonntagmittagessen dorthin. Das waren Schnitzelwallfahrten gewesen. Die waren notwendig in den Zeiten, in denen das Wiener Schnitzel, in die Fritteuse verbannt, eine seltsam krakelige Panier als frühes Symptom neoliberaler Sparmaßnahmen aufzuweisen begann. Das frisch geklopfte, frisch panierte und dann frisch pfannengebratene klassische Wiener Schnitzel. Im Gasthof «Zur Sonne» konnte man oder frau das bekommen.

Dann. Das Rechtsrutschen des Politischen hatte ja schon längst in den 80er Jahren begonnen. Die Denunziation des Sozialen als Ausbeutung der Fähigen. Die Ängste aus wiederum den Verdrängungen durch diese Denunziation als täglich zu beobachtende Kleinrassismen. Und weil Politik am Esstisch gelebt werden muss. Es war immer schwieriger geworden, das Tischgespräch mit Freund M. ohne Zerwürfnis durchzubringen. Und dann. Eines Tages. Gleich nach der Jahrtausendwende. Freund M. fragte den Wirt des Gasthofs, ob der ihm erklären könne, woher der Name Sodoma käme. Betty fiel Freund M. wörtlich in den Arm und ins Wort. Das half aber nichts. Die Provokation musste sein. Betty musste das gegen sich gerichtet sehen. Gegen ihre linken Flausen. Und so hatte der Wirt es abbekommen und hatte sich eine Ableitung seines Namens anhören müssen, die höchst unwissenschaftlich Freund M.s Vorurteile gegen Schwule an den Tag brachte. Das hatte zur raschen Übergabe der Rechnung geführt und zum Bruch Bettys mit Freund M. Aber Betty hatte sich danach nie wieder in den Gasthof getraut. Es war zu peinlich, sich an diese Szene zu erinnern.

Am 12. März. Die Gartenfreundin hatte den «Sodoma» empfohlen und schon den Tisch bestellt gehabt. Und da waren sie gesessen. Im hellen Licht des Frühlingstags. Auf der Karte war Reisfleisch gestanden. Das war eines von Bettys Lieblingsgerichten. Das war eines von diesen Gerichten, die alle Kocherfahrung brauchten. Da ging es um den richtigen Reis. Das richtige Kochgeschirr. Die Größe der Fleischwürfel. Den Anteil an Zwiebeln. Die Menge von Paprika. Wieviel Parmesan und Gulaschsaft oder nicht. Die Gartenfreundin hatte geschmorte Kalbswangerln gegessen. Es war ein wunderbares Essen gewesen. Und eine Wiedereroberung. Und ganz kurz. Das Wohlbehagen des gelungenen Restaurantbesuchs hatte sich eingestellt. Ein kleines Glas Zwettler Bier zum Reisfleisch. Ein Glas Weißburgunder nach der hausgemachten Cremeschnitte.

Rundum. Alle Tische waren besetzt. Das Wort Quarantäne fiel. Ein einziges Mal. Die Gruppe, die einen Geschäftsabschluss feierte. «Schauen wir.» wurde gesagt und dann «Prost. Auf die Zukunft.» Die Familie in der Ecke. Zwei Söhne, eine Tochter. Ein Sohn erklärte, was er tun werde. Er wolle nicht weitermachen. Er habe andere Pläne. Die Tochter schob ihre Sonnenbrille in die Haare hinauf und zog sie dann wieder auf die Nase herunter. Immer wieder. Der jüngere Sohn wippte mit dem Bein unter dem Tisch und sagte nichts. Dann ging der ältere Sohn hinaus und der jüngere beugte sich vor und sprach auf seine Eltern ein. Dringlich. Über den Tisch geworfen. Die Tochter behielt ihre Sonnenbrille auf und starrte auf die Decke hinauf. Dann beugte sie sich vor und sagte etwas. Als der ältere Sohn von der Toilette zurückkam, fand er die Köpfe seiner Familie über dem Tisch zusammengesteckt. Er sagte etwas und alle schreckten zurück. «Und was wirst du tun. Dann.» fragte der älteste Sohn seinen Vater beim Hinsetzen. «Und du?» Er wandte sich an seine Mutter. Der Vater legte schützend den Arm um die Schultern der Mutter. Dann beugten sich wieder alle über den Tisch, und es war nichts Genaues zu hören.

«Wir wollen noch einmal ordentlich essen.» Ein Ehepaar. Die Frau sagte das zur Wirtin. Die lächelte freundlich und wies ihnen den Tisch an.

Der volle Gastraum. Das Stimmengewirr. Der Kellner, der die Speisen bringt. Die Wirtin, die fragt, ob alles in Ordnung ist. Und immer dieses Licht hoch drüber. Der strahlende Tag ins Zimmer geholt. Ja. Das war Ordnung. Das war Ordnung gewesen. Angenehme Geordnetheit im Gesellschaftsvertrag des Gastlichen.

Betty saß da. Das war ihr jetzt eingefallen, weil sie über die Pläne ihrer Regierung gelesen hatte. Sie sollten alle alle Freiheit verlieren. Sie sollten in Apps eingespeist, total überwacht, jederzeit eliminierbar sein. Die kalte Vernunft der frühen Aufklärung war das. Das war die Vorstellung, das schmutzige Volk in eine Waschanstalt einzuweisen und obrigkeitshalber auszumisten. Sie sah sich in einem Ställchen stehen und nach draußen starren. Und das war ja auch das Gefühl, das alle hatten, wenn sie einander so über den Rand der Maske anstarrten. Niemand lächelte mehr. Die Bürgermeister kleiner Gemeinden wollten die Zweitwohnsitzer nicht mehr in die Orte lassen. Und ja. Sie musste fast lachen. Das war der Grund, warum sie sich an das Essen beim Sodoma erinnerte. Weil sie das auch an die Essen mit Freund M. erinnerte und daran, wie der die Kleinrassismen seiner kleinformatigen Zeitungslektüre so selbstverständlich weitergegeben hatte. Das kam jetzt heraus. Rassismus macht ja vor allem einmal den Rassisten Angst. Deshalb musste es immer strenger zugehen.

Betty saß in ihrem Lesefauteuil. Bevor sie sich so «tracken» ließ. Würde sie dann lieber allein bleiben. Würde sie dann so dastehen wie dieser Papst. In una basilica deserta. Und wo war Fiorentina heute. In der Müdigkeit vom Ansturm der Nachrichten und Spekulationen. Betty hätte sogar Edwin ertragen. Aber dann. Sie brauchte eine fröhliche Person. Sie brauchte keine Superegos oder die Fiktionen ihres Unbewussten. Denn Edwin war ja sicher aus ihrem Unbewussten herausgestiegen. Eine positive Person. Sie brauchte eine positive Person. Eine kluge und positive Person. Eine Irma. Betty beschloss, sich eine Irma zu bauen. Und dann musste Betty doch lachen. War das richtig, fragte sie sich kichernd. Aber wahrscheinlich war es doch die einzige Möglichkeit. Sich erdachte Hilfstruppen zu holen. Was sollte sie sonst tun, als auf die psychotische Situation dieses lockdown selber psychotisch zu reagieren. Minus mal minus, sagte sie sich. Und schauen wir, sagte sie sich. Dann machte sie einen screenshot vom Bild des traurigen Papsts und legte das Bild ins Tagebuch.

Episode 6.

7. April 2020. Wien.

Sie war doch eine gute Person. Betty schüttelte den Kopf. Sie wollte nicht, dass Boris Johnson wirklich Schaden nehmen sollte. Die Bilder vom kranken britischen Premierminister hatten ihr noch Spaß gemacht. Das hast du davon, hatte sie sich gesagt. Boris Johnson hatte bis zuletzt nicht aufgeben wollen, Hände zu schütteln und vor den Fernsehkameras nahe an den anderen Männern da zu stehen. Und was eine selfisolation in Number 10 Downing Street bedeuten sollte, war auch schwer vorstellbar. Da gab es viele Angestellte, die den Haushalt führten, und Mitarbeiter, die die Staatsgeschäfte erledigten. Der Premierminister telefonierte sicher nicht in jeder Kleinigkeit selber. Hatte er dann doch eine Maske getragen? Er hatte das ja lange abgelehnt und von Herdendurchseuchung gesprochen. Und wenn er nun. Betty ging wieder einmal zum Fenster und schaute hinaus. Aber draußen gab es nur die anderen Häuser und die Fenster, die das Sonnenlicht spiegelten. Niemand ging auf der Straße. Niemand kam aus einem der Häuser auf die Straße heraus. Es standen nicht einmal Fenster offen. Verschlossen. Alles verschlossen. Betty fragte sich, ob hinter jedem der Fenster gegenüber auch alle so standen, wie sie dastand und auf die verödete Straße hinausstarrten.

Fiorentina saß auf dem Biedermeiersofa. Sie trug ein rosarotes Chanelkostüm. Sie hatte die Beine übereinandergeschlagen und wippte mit dem oberen Bein. Ihre Pumps waren weiß mit Kitten Heels. Betty wusste, dass das Kitten Heels waren, weil sie für eine Kurzgeschichte in einer Frauenzeitschrift die

Absatzformen für Damenschuhe recherchieren hatte müssen. Das war aber lange her.

«Du willst nur keine Schweinereien.» Fiorentina begann, in ihrer weißen Korbhandtasche zu kramen. «Du willst dann keine Komplikationen. Es reicht dir, die Leute in der Politik nicht zu leiden. Das kommt dir schon politisch vor, wenn du jemanden ablehnen kannst. Aber ändern willst du nichts. Das ist dir wahrscheinlich zu schmutzig.» Fiorentina kramte weiter in ihrer Tasche. «Hast du zu rauchen begonnen?» fragte Betty. «So hat meine Mutter in ihrer Tasche herumgesucht, bis mein Vater ihr eine von seinen Zigaretten gegeben hat. Sie hat immer in ihrer Tasche nach Zigaretten gesucht, dabei hat sie nie selber Zigaretten gehabt. Aber sie hat immer nur so getan, als hätte sie welche.»

«Ist es das, was du immer machst?» fragte Fiorentina. «Du tust so, als hättest du eine politische Einstellung, und suchst nach ihr, bis dir jemand eine gibt?» Betty musste lachen. Sie sah sich in einer ihrer großen Taschen kramen, bis von irgendwo jemand ihr eine politische Meinung hinhielt und sie in die einstimmen konnte. Aber war das nicht ein Teil liberaler Politik. Dieses Abstimmen auf ein gemeinsames Gutes, das dann gemeinsam verfolgt wurde. «Ich kann nicht immer gleich wissen, was das Richtige ist.» sagte sie.

«Ich bin sicher, du weißt das immer.» Irma war ins Zimmer gekommen. Irma war groß. Dunkelhaarig. Sie war weiß angezogen. Sportlich. Betty kam sich in ihrem Winterschwarz gleich ganz falsch vor. Irma hatte die modisch gerade vorgeschriebenen weißen Sneaker mit Plateausohlen an. Sie setzte sich in den Chintzfauteuil und wippte auch mit dem Fuß. Fiorentina verzog den Mund. «Warum tut sie dann nie etwas? Immer nur demonstrieren. Ist das genug?» fragte sie. «Ich finde es nett, wenn sie nicht will, dass der jetzt stirbt.» sagte Irma. «Das würde gerade noch einen Märtyrer aus diesem Holzkopf machen.» rief Betty. «Und dann kommt dieser Michael Gove, und der hat schon die Schulen kaputt gemacht. Das war unter dieser Frau. Wie hieß die noch.» Betty wedelte mit den Händen. «Na. Sagt mir doch. Mir fällt immer nur die Thatcher ein. Na die, die vor dem Johnson regiert hat.»

Fiorentina zuckte mit den Achseln. «Wenn du es nicht weißt.» sagte sie. Irma stand auf. «Es geht doch um etwas ganz anderes.» sagte sie. Betty musste einen schmalen Mund machen. Sie nickte. Dann setzte sie sich. «Ah!» Fiorentina lachte ahnungsvoll. «Deshalb der Widerwille, diesen englischen Premier umzubringen!» Betty lehnte sich zurück. Stimmte das? «Aber das ist eine sehr umständliche Ableitung.» sagte sie. «So weit ist das nicht hergeholt.» meinte Irma und lächelte Betty freundlich zu. «Ich meine. Es hat mit deiner Tendenz zu tun, Männer schonen zu müssen.» Betty schüttelte den Kopf. «Wir verstehen das.» sagte Irma und schaute fragend zu Fiorentina. Die verzog nur den Mund.

«Das kommt von den Brüdern. Aber ich gebe zu Bedenken, dass das nicht die richtige Situation ist. Es ist doch alles verzogen und verkehrt. Jetzt gerade.» Fiorentina machte wieder ihre Tasche auf.

«Kannst du das mit dieser Tasche lassen.» Betty musste aufspringen. Fiorentina schaute sie verwundert an. «Ja.» rief Betty. «Es erinnert mich zu sehr. Insgesamt.» Betty hielt ein. Sie hätte sagen wollen, dass Fiorentina sie zu sehr an ihre Eltern erinnerte. Aber wie sollte das nicht so sein. In der Isolation. Das war die fünfte Woche, in der sie niemanden gesehen hatte. In der sie nie mit jemandem richtig gesprochen hatte. Nicht in

Augen geschaut. Nicht auf ein Gesicht reagiert. Da war es nur natürlich, auf die allerersten Gesichter zurückzufallen. Und auf zoom. Da waren die Nasen so prominent und der Ausdruck der Augen nicht zu erkennen. Und facetime. Bis die Person das Handy so hielt, dass sie erkennbar war, da war das Gespräch schon wieder zu Ende. Und auch da die Nasen das Bild beherrschende Ungetüme. Und sie hatte den Artikel in der New York Times nicht lesen wollen. «How to look nice on facetime.» Ihr fielen die vielen asiatischen Touristinnen auf dem Pont Neuf ein und wie lange die diese Handystangen balancierten, um ein gutes Selfie zustande zu bringen.

Irma lachte. «Jetzt warst du aber sehr weit weg?» fragte sie. «Ausflüchte?» stellte

Fiorentina fest. Betty seufzte. «Das ist alles nicht so leicht.» sagte sie. «Wenn du ihn sehen willst, dann triffst du ihn. Lockdown oder kein lockdown.» «Nein?» rief Fiorentina. «Nein!» rief sie noch einmal. «Doch!» lächelte Irma. «Der alte Steinschneider hat sich wieder gemeldet.»

Fiorentina sprang auf. «Dieser schreckliche Kerl?» Betty nickte. Irma grinste. «Die Frage ist, soll sie ihn treffen oder nicht. Er möchte mit ihr spazieren gehen und den Abstand einhalten. Aber er will sie sehen.»

Fiorentina begann, auf und ab zu gehen. Sie schüttelte immer wieder den Kopf.

«Der hat sich doch noch nie gut verhalten.» sagte sie. «Aber er ist beständig.» warf Irma ein. «Ich bin dafür, dass sie ihn trifft. Was soll denn schon sein. Sie hat es doch in der Hand, und wenn es ihr nicht passt, dann geht sie einfach davon.»

Betty lächelte Irma zu. Irma war immer so herrlich positiv.

Irma hatte offenkundig keine Angst. Kannte keine Angst. Und war das nicht richtig so. Eine ging auf ihr Schicksal zu und schaute erst einmal, was da möglich war.

«Ich frage mich ja, wie neue Beziehungen entstehen sollten. In dieser Situation.» Betty sagte das entschuldigend. «Jetzt kann man eben niemanden Neuen kennenlernen. Basta!» Fiorentina sagte das sehr bestimmt. «Das finde ich nicht.» antwortete Irma. «Ich finde es eigentlich besonders aufregend. Du gehst in den Supermarkt und schaust so über den Maskenrand. Warum sollte dir da nicht jemand zulächeln?» «Das wird dem Herrn Kurz gar nicht gefallen.» murmelte Betty. «Vielleicht ist das ja seine Absicht.» lachte Irma. «Vielleicht will der einfach nur die ganze Sache mit dem Sex verhindern.» Fiorentina musste lachen. «Eine große Abwehr der Urszene? Der wahre Grund, in die Politik zu gehen?» Da mussten alle drei Frauen lachen. Edwin schaute ins Zimmer. «Aber wie wirst du dich entscheiden?» fragte Irma. «Eine kleine anarchistische Unternehmung? Ein Treffen mit einem Mann, mit dem du nicht in einem Haushalt lebst?» Fiorentina hatte wieder nach der Tasche gegriffen. Betty schaute sie an, und sie stellte sie gleich wieder weg. «Also?» fragte sie. Edwin wollte etwas sagen. Betty nickte. «Also.» sagte sie. «Chto delat?» fragte sie. «Das ist zu viel.» rief Edwin. «Für so eine Situation Lenin zitieren?» Er ging aus dem Zimmer und warf die Tür zu.

Episode 7.

8. April 2020. Wien.

Sie war dann laufen gegangen. Am späten Vormittag. Bis dahin hatte sie die Zeitungen zwei Mal durchgesehen gehabt. Boris Johnson lag immer noch auf der Intensivstation und in der Frankfurter Allgemeinen hatte ein Lungenfacharzt gesagt, es werde zu viel und zu früh künstlich beatmet. Die Lunge sei ein kompliziertes Organ. In der New York Times gab es fast nur noch Anleitungen, wie eine oder einer sich die Zeit vertreiben sollte. Comedy dominiere die Internetunterhaltung, hieß es. Da hatte sie schon beim ersten Durchgang zu lesen aufgehört. Aber das war nur der Anlass gewesen. Abgeschalten hatte sie bei Trumps Vorwurf, die WHO sei eigentlich schuld an allem. Da dominierten die Chinesen und deshalb der Virus, hatte dieser Präsident in seinen Weltbeherrschungsphantasien des 5-Jährigen Knaben gesagt. Er hatte auch wieder eine Pressedame mit langen blonden Haaren berufen. Der Schönheitskonkurrenzveranstalter in Aktion, hatte sie gedacht. So schaut das dann aus. Und alles verschoben und ungenau und angsterregend in dieser Ungenauigkeit.

Laufen. Schon beim Umziehen. Der Widerstand, der sonst nach den ersten 10 Minuten aus der Anstrengung entstand. Dieser Widerstand war schon bei der Überlegung da. Schon beim Überlegen, ob sie laufen gehen sollte, schnarrte der Widerstand hinter ihrem Brustbein, und im Oberbauch diese angespannte Leere. Sie hatte sich durchgesetzt. Sie hatte alles weggeschoben. Sie hatte alle Kräfte sammeln müssen, die Laufsachen aus der Lade zu nehmen und sich umzuziehen. Und die Anstrengung.

Die Angst vor der Anstrengung. Die war ein Vorwand. Fiorentina hätte ihr das auch gesagt. Aber sie hatte das allein durchstehen wollen. Sie hatte keine Ratschläge von außen haben wollen. Sie wusste, sie musste sich zwingen, auf die Straße zu gehen. Die Verführung war riesengroß, sich ganz zurückzuziehen und gar nicht mehr hinauszugehen. Beim Zusammendrehen der Haare zu einem Zopf und wie sie das Gummibändchen festmachte. Sie musste sich genau vorstellen, wie sie durch die Wohnungstür auf den Gang und dann die Stiegen hinunter und dann auf die Straße hinaus gelangen würde. Sie hatte planen müssen, sich in die Außenwelt zu begeben. Wie war das geschehen? Sie war doch keine scheue Person? Sie hatte doch alles Recht, laufen zu gehen? Ja. Hatte sie nicht die Verpflichtung sich um sich selbst zu kümmern und sich fit zu erhalten?

Sie traf dann aber ohnehin kaum jemanden. Sie lief über den Gürtel in die Villengegend hinauf. Lief kreuz und quer die kleinen Gassen hinauf und dann wieder quer, sich vom steilen Aufstieg zu erholen. Sie fühlte sich plump. Ihr Körper hohl, aber schwer. Wie sollte das weitergehen? Wofür hielt sie sich fit?

Die Sonne schien. Die Hitze schon in der Luft.

In der Blaasstraße. Ein kleiner Tankwagen stand bei einem neugesetzten Bäumchen. Die Frau zerrte am Schlauch. Das Zerren half nichts. Betty lief am Tankwagen der Stadtgärtnerei vorbei. Sie wich auf die Straße aus, nicht zu nahe an der Frau vorbeizukommen. Die Frau bemerkte sie aber gar nicht. Die konnte den Schlauch nicht aus der Verankerung herausziehen. Betty hatte beim Vorbeilaufen sehen können, wie dieser Schlauch in sich verwickelt sich nicht aufrollen lassen konnte. Betty war schon an dem Tankwagen vorbei, da hörte sie die Frau «Scheiße.» sagen. Betty wandte sich um. Die Frau hatte den Anfang des Schlauchs zu Boden geworfen und sagte wiederum «Scheiße.». Betty lief weiter. Gleich darauf hörte sie den Tankwagen weiterfahren. Die Frau hatte den Baum nicht gegossen. Betty lief gleich wieder in Richtung Türkenschanzpark hinauf. Dieser neugesetzte Baum war also nicht gegossen worden. Vielleicht kam diese Frau ja wieder zurück? Vielleicht musste sie nur diesen Schlauch irgendwie richten? Und vielleicht war sie zu gutgläubig? War dieser Baum nicht von dieser Frau abhängig? Brauchte so ein neu gesetzter Baum nicht noch dringlicher Wasser, um anwachsen zu können? Und sie? War sie nicht auch von dieser Frau abhängig? Wenn sie Bäume haben wollte, dann war sie auch von dieser Frau abhängig? Würde jemanden diesen Baum verteidigen und kontrollieren, ob der gegossen worden war? Und zeigte sich nicht schon wieder einmal, wie falsch die Ketten gewesen waren? Die eigentlichen Jobs so schlecht bezahlt? Die Personen in diesen Jobs so schlecht angesehen? Und war das nicht totaler Sozialkitsch, diesen Personen jetzt zu applaudieren? Den 24-Stunden- Betreuerinnen über das Regierungsmikrophon den Dank auszusprechen, aber die Bezahlung nicht zu erhöhen?

Sie lief dann doch ihre 7 Kilometer. Am Ende war die Anstrengung ganz richtig. Sie fühlte sich wieder richtig. Alle Ängste waren weggelaufen. Die Straße gehörte wieder ihr. Sie freute sich über sich. Über die Überwindung. Ach, dachte sie. Wie christlich du doch bist. Aber sie war amüsiert darüber. Sie lief auch noch die Stufen zu ihrer Wohnung hinauf. Beim Hinaufhasten. Sie befahl sich, keine Nachrichten mehr anzuschauen. Sie sollte sich wirklich isolieren. Sich auf die Aussicht auf Ostern konzentrieren. Ihre Familie würde sie besuchen. Sie sollte wieder Personen sehen. Mit denen reden. Sie war isolationskrank. Sie musste diese Diagnose ernst nehmen. Sie sollte nicht mehr dieses eine Buch immer und immer wieder lesen. Damit zementierte sie diesen Stillstand doch. Sie nahm sich vor, in die zweite Reihe ihrer Bücherregale zu schauen. Sollte sie nicht die hintere Reihe nach vorne holen. Oder sollte sie ihre Bücher ordnen. Warum hatte sie ihre Bücher nicht geordnet. Sie hätte ihre Bibliothek ordnen können in all dieser Zeit. Sie nestelte den Wohnungsschlüssel aus der Tasche hinten in ihrer Windstopperweste. Es war schon zu heiß für diese Weste. Sie musste die Bauchtasche nehmen. Wo war die. Wieder fiel die Unzufriedenheit sie an. Einen Augenblick. Sie blieb an der Wohnungstür stehen. Die Tür schon aufgesperrt. Einen Augenblick. Sie wollte da nicht hinein. Sie wollte. Sie drehte sich um. Schaute in das Stiegenhaus hinunter. Sie wollte wieder hinaus. Sie wollte den Blick schweifen lassen können. Sie wollte unter dem Himmel stehen. Gehen. Sie hätte die Arme ausbreiten wollen und sich um sich selber drehen. Aber unter dem Himmel. Nicht in ihrem Wohnzimmer. Sie wollte die Endlosigkeit des Draußen haben.

Dann hörte sie das Ehepaar von ober ihr. Der Mann sagte etwas zu der Frau. Es klang normal. Sie hörte diese Szenen auch immer nur am Morgen. Das war dann eine Lautstärke der einen Stimme und ein gequältes Gemurmel der anderen Stimme. Sie hatte nie herausfinden können, wer da laut war und wer gequält. Auf dem Gang. Die beiden redeten wie jedes andere Ehepaar. Es gab nie ein Anzeichen von Gewalttätigkeit. Es war auch jetzt in der Isolation nicht anders. Waren die in ihrem sadomasochistischen Clinch besser vorbereitet gewesen? Waren die nur einfach da geblieben, wo sie immer schon gewesen waren? Sie hatte auch jetzt die ganze Zeit nur um 8 Uhr aus dem Schlafzimmer gehen müssen. Da begann das immer. War das deren Frühstücksgewohnheit? Aber eigentlich war das nur am Wochenende gewesen. Sonst. Während der Woche waren die längst an ihren Arbeitsplätzen um diese Zeit. Und war das wie beim Gießen des Bäumchens? Hätte sie die Behörden verständigen müssen? Aber wie konnte sie ein normales Ehepaar denunzieren? Und wegen des Bäumchens? Sollte sie das Stadtgartenamt anrufen? Oder sollte sie hingehen und nachschauen? Beobachten wie das Bäumchen sich entwickelte? Aber wenn das Bäumchen kaputtging? Dann war es zu spät. Und war das das Grundproblem? War das eine Beschränkung? Stellte es sich als Beschränkung heraus, nur die Wirklichkeit zu beurteilen? War das ganze 18. Jahrhundert wieder aufgehoben, das der Person ihr Leben in Aussicht gestellt hatte. Zur Selbstverwirklichung. Das 18. Jahrhundert, das die Person der eigenen Verantwortung überlassen hatte wollen und nur über das richten, was eine Person tat. Und nicht darüber richten, was eine Person war. Die Frau vom Stadtgartenamt. Die war eine Aushilfskraft. Warum sollte die sich für das Bäumchen verantwortlich fühlen. Sollten das nicht die Bewohner und Bewohnerinnen der Blaasstraße tun. Ging sich das mit der arbeitsteiligen Gesellschaft in Zukunft noch aus? War es nicht die Dienstleistungsgesellschaft, die so stillgestellt hatte werden müssen? Und würden nun die Maschinen endgültig übernehmen? Maschinen konnten steril gemacht werden. Personen nicht. Das Leben. Das Lebendige selbst. Das war die Schwachstelle.

Betty schlüpfte durch ihre Wohnungstür in die Wohnung. Sie wollte dieses Ehepaar nicht treffen. Man grüßte einander auf dem Gang. Aber Betty musste immer an die Szenen denken und sich fragen, ob diese Personen wirklich annahmen, dass sie nichts hörte. Oder war sie in diese Szenen eingebaut? War sie Teil dieser Inszenierung? Sie schüttelte sich. Sie stand in ihrem Vorzimmer und seufzte. Draußen gingen diese beiden Personen an der Tür vorbei. Die Frau sagte etwas von Milch. Die gingen einkaufen, dachte Betty. Sie musste das auch tun. Sie hatte ihre Vorräte fast aufgebraucht. Immerhin, sagte sie sich. Sie hatte noch nie so gut gewirtschaftet und immer auch die Reste aufgegessen. Wie ihre Großmutter das gemacht hatte. Kriegswirtschaft, dachte sie. Und dann lächelte sie sich im Spiegel gegenüber von der Wohnungstür zu. «Es ist Kriegswirtschaft, und verlang nicht von dir, dabei normal zu bleiben.» sagte sie zu ihrem Spiegelbild. Immerhin hatte sie nichts zugenommen. Aber sie musste Steinschneider absagen. Hatte sie eine Mailadresse? Der telefonierte immer nur. Also die Absage texten. Oder doch nicht absagen? Sie seufzte.

Episode 8.

13. April 2020. Wien.

Zermürbt. Zermürbung. Zer. Das war eine von diesen wunderbaren Vorsilben. Wie ver-. Das waren Bedeutungszerstörer. Wilde bedeutungsverwirrende Vorsilben waren das. Den Sinn des Grundworts weit zerstreuend saßen die vor. Vorsitzend auflösend. Das Mürbe in Zermürbung. Das wurde ausgebreitet und zerrissen. Das Mürbe war zerstört. In der Zermürbung das schon kaputte Mürbe noch einmal kaputt gemacht. In Flocken zerrissen und ausgebreitet verendend. Und so fühlte sie sich. Zermürbt. Die Gedanken waren noch mehr verlangsamt und rissen in der Mitte ab. So ein schon mühselig gefasster Gedanke. Der riss in der Mitte ab. Ließ sie absinken. Ließ sie in sich trudelnd davonsinken. Das Davonsinken. Sie konnte es sehen. Sie konnte sich zusehen. Dabei.

Aber dann. Sie konnte zu dem Gedanken nicht mehr zurückfinden. Sie musste sich aufsetzen und sich zusammennehmen. So hatte das immer geheißen. «Nimm dich zusammen!» Wenn sie wieder eingeschlafen war, statt zuzuhören. Wenn sie wieder fast eingeschlafen war in einem Vortrag. Sie war in diese Vorträge geschickt worden. In die Urania. «Am Nanga Parbat» hatten diese Vorträge geheißen. Diashows waren das gewesen, mit denen die Bergsteiger das Geld für die nächste Expedition verdient hatten. Später waren dann die Anthropologen dazu gekommen. «Bei den Melanesiern auf Fidschi». Wieder waren das immer Männer gewesen. Wortkarge Rauhbeine. Die Bergsteiger hatten die Bilder von schneebedeckten Berghängen vor wolkenlosem Himmel gezeigt und nur den Namen des Bergs gesagt. Bei den Anthropologen hatte es Meer und Kanus gegeben. «Nimm dich zusammen!» war ihr ins Ohr gezischt worden, wenn sie einen dieser Lachanfälle gehabt hatte. Die wieder waren in der Kirche vorgekommen und waren eine andere Art von Einschlafen gewesen.

Sie rief sich den Satz selber zu. Aber sie konnte sich nur als Ausruferin des Satzs aufrichten. Als Empfängerin sank sie wieder in sich zusammen und hatte alle Gelegenheiten davon in vager Erinnerung. Das war eine dunkel verwehte Galerie ihres Versagens im Sich-Zusammennehmen. Wieder eine Abrechnung, dachte sie. Sie ging durch ihre Wohnung. Ging an der Wohnungstür vorbei. Striff an der Wohnungstür entlang. Sie fühlte sich ein Tier. Eine Katze vor einer versperrten Tür. Ihre Tür war nicht versperrt, aber das Hinausgehen war auch nicht möglich. Die Quarantäneregeln arbeiteten in ihr. Sie konnte fühlen, wie Quarantäneregeln die Tür dämonisierten. Wie sie die Tür verschlossen hielten. Wie sie ihr das Draußen unwirtlich machten. Die Regeln machten sie klein und unbedeutend und das Hinausgehen war zu einer Anstrengung aufgebauscht worden. Die Anstrengung stand vor ihr. Stand um sie. Und gleichzeitig lag sie in Zermürbung zersprungen rund um sie.

Es war dann wieder die Wut. Die Wut nahm sie zusammen. Ihr hübsches, kleines, selbsterobertes Ego hatte wieder einmal begonnen, ihr zuzuflüstern, dass sie doch ohnehin privilegiert sei. Und da wandte sie sich gegen sich selbst und schrie. Sie schrie sich an. Laut und rücksichtslos. Sie war daran, sich in die Situation einzufinden und ihre schlechte Laune über die Welt aufzugeben. Sie war daran, sich in die Reihe der Immer-Glücklichen einzureihen. «Es kommt noch so weit, dass du doch auf facebook gehst und dein Geständnis der Anpassung postest.»

Sie schrie sich an dafür, in ihrer Zermürbung zu denen gehören haben zu wollen, die aus dieser Krise wieder etwas machen konnten. Kurz. Sie hatte zu den Immer-Fröhlichen gehören wollen, die alles richtig finden konnten und immer profitierten. Sie hatte der Versuchung nachgeben wollen, ihrer Lebensarbeit den Rücken zu kehren und sich im herrschenden lockdown-Faschismus zu verlieren. Nur weil es ein bißchen ungemütlich geworden war. Betty war empört über sich. Im Auf- und Abgehen. Sie musste lachen. Sie schnaubte. Sie fand sich selbst schnaubend. Schnaubend vor Wut. Es war wie Schnarchen im Wachsein.

Aber? War es nicht trostlos? Verhungerte sie nicht gerade kulturell? Verhungerten sie nicht alle gerade kulturell?

Sie sah sich vor dem Kindergarten. In der Mariengasse. Die riesige Sandkiste und die Aushilfskindergärtnerin, die sie aus der Sandkiste holte, weil sie sich schmutzig gemacht hatte. Ja, sagte sie zu sich. Das ist schon die richtige Assoziation. Insgesamt war das die richtige Assoziation. Heute. Sie war zur schmutzigen Person erklärt worden, weil man nicht messen konnte, ob sie infektiös, immunisiert oder gar nicht berührt von diesem Virus war. Das war wie die Situation vor der Ersten Heiligen Kommunion. War sie sündig, unschuldig oder irgendwie dazwischen von der Sünde nur angekränkelt. Damals. Sie war von einer Hilfskraft gerügt worden. Die Klosterschwestern hatten das Abführen in den Waschraum an die Hilfskraft abgegeben. Jetzt. Der Kanzler handelte ja auch als Hilfskraft eines Metaphysischen, das die katholische Kirche nicht mehr durchsetzen konnte. Und war nun zu erwarten, dass es wie damals in einer ersten Beichte zur Klärung kommen würde. Ob sie sündig war. Oder rein. Es war immer um Schmutz gegangen. Beschmutzungen. Sich beschmutzen.

Da musste sie aber wieder lachen. Sie hatte in einer der deutschen Zeitungen gelesen, dass in der Quarantäne der Verkauf von Sexspielzeug immens angestiegen sei. Da ging es doch um das, was der alte Priester damals bei der ersten Beichte mit Selbstbeschmutzung gemeint hatte? Konnte das die darniederliegende deutsche Wirtschaft wieder ankurbeln? Darniederliegend. So wurde die deutsche Wirtschaft in den Zeitungen benannt. In Österreich stand da immer leidend. Da wurde von leidender Wirtschaft geschrieben. Aber würde es genauso wie damals zugehen? Nur nun ganz auf den Körper bezogen? Würde ihr nun ihr ganzes Leben bisher abgesprochen und nur ihr Körper beurteilt werden? Aber? War sie damals nicht auch auf den Körper reduziert worden? War es nicht in allem darum gegangen, dass sie ein kleines Mädchen gewesen war? War es nicht das erste Mal so vollkommen gleichgültig gewesen, dass sie die Barbara Betty Andover gewesen war? War sie nicht einfach eines von diesen vielen kleinen Mädchen gewesen? War sie nicht in der Herde der kleinen Mädchen an den Altar geführt worden? Namenlos und das weiße Kleidchen die Uniform des Opfers? Die Buben hatten dunkle Anzüge an, und sie schon die Brautkleider? Die Buben lernten die dunklen Anzüge zu tragen. Die dunklen Anzüge, die sie ihr ganzes Leben tragen würden müssen. Ihre Uniform. Die weißen Kleidchen der Mädchen. Die waren nie wieder zu verwenden gewesen. Einmalig. Wie die Unschuld oder der Tod. Und wurden sie nicht jetzt wieder genauso an irgendeinen Altar geführt und alles Eigene ausgelöscht? Würde diesmal eine Blutabnahme noch wörtlicher an die Opferung heranführen? Und würde das Verdikt des Labors über ihre Zukunft entscheiden? Über ihre Bewegungsfreiheit? Und war es nicht total christlich, dass eine oder eine, die Krankheit überstanden haben hatte müssen, um rein zu sein? Gelitten haben zu müssen, um als sauber erklärt zu werden? Weiß und deshalb ermächtigt?

Sie ging in die Küche und machte sich einen Kaffee. Sie stand da und wartete auf das Röcheln in der Espressokanne. Filterkaffee am Morgen. Ein Espresso um 11.00 Uhr. Ein Espresso um 15.00 Uhr. Sie hatte Kaffee gehortet. Während die anderen sich um das Clopapier gestritten hatten, hatte sie 6 Packungen Lavazza Café Crema mitgenommen. Sie war also sicher. Kein Kaffeeentzug. Der drohte nicht. Jetzt einmal. Und sie durfte sich nicht ihr Leben so wegnehmen lassen. Wenn überall behauptet wurde, dass es nie wieder so sein werde wie vor dem Virus. Sie durfte sich durch solchen Alarm nicht um ihre eigene Geschichte bringen lassen. Sie durfte das nicht zulassen. «Reiß dich zusammen.» sagte sie laut zu sich.

Episode 9.

14. April 2020. Wien.

Der Tag hatte gut begonnen. Weil es so kalt geworden war, hatte die Heizung sich wieder eingeschalten. Im Heizkörper neben ihrem Lesefauteuil hatte es gegurgelt und gezischt. Das hatte sie schon lange gestört. Sie hatte aber gedacht, dass sie die Heizung ohnehin bald ausschalten würde, und hatte sich nicht um dieses Gegurgel kümmern wollen. An diesem Morgen. Sie hatte die kleine Flügelschraube geholt. Hatte Papier von der Küchenrolle abgewickelt. Sie hatte den Heizkörper entlüftet. Die kleine Wasserfontäne mit Küchenrolle abgefangen. Dann den zweiten Heizkörper. Sie hatte die kleine Flügelschraube an ihren Platz zurückgebracht und sich neben den heißen, aber stillen Heizkörper gesetzt. Beim Kaffeetrinken. Sie horchte. Sie hörte noch ein Glucksen und dann nichts mehr aus dem Heizkörper.

Betty war sehr zufrieden. In Repubblica war ganz am Anfang jeden Tag die Rubrik «La prima cosa bella». Gabriele Romagnoli hatte für den 14. April die Universalität der Zeichensprache dafür ausgesucht. Wie schön es sei, dass die Übersetzung der Osteransprachen des Papsts oder eines anderen Staatsmanns. «Papi e presidenti», schrieb er. Wie schön es sei, dass diese Übersetzung aus allen Sprachen in diese eine Sprache für alle verständlich sei. Das war eine schöne Vorstellung. Sie lernten alle die Zeichensprache und konnten alle miteinander sprechen. Das war auch nur vernünftig. Wenn alle Masken tragen würden in Zukunft, dann war das Sprechen mit den Händen deutlicher. Und die Augen reichten dann ja.

«Was wirst du mit dem Steinschneider machen?» Irma lächelte spitzbübisch. Betty seufzte. «Lass mich doch meinen Kaffee einmal austrinken.» sagte sie.

«Du überlegst doch nicht wirklich, ob du den treffen willst?» Fiorentina schüttelte den Kopf. «Ach, lass sie doch.» Irma zog die Schultern hoch und seufzte. «Lass sie doch überlegen.» meinte sie. Fiorentina stand auf und setzte sich an den Esstisch. «Es ist doch verboten.» sagte sie und begann, Solitär zu spielen. Betty hatte das Spiel da liegen. Immer wieder setzte sie sich an den Tisch und spielte. Sie hatte es schon so weit gebracht, dass nur noch 2 Steine übrig geblieben waren. Fiorentina spielte zügig und legte einen Stein nach dem anderen ab. «Kannst du das Spiel lassen.» sagte Betty zu Fiorentina. «Du bist immer die Beste. Das wissen wir jetzt schon.» Fiorentina hörte auf und wandte sich Irma und Betty auf der Couch zu. «Die Frage ist doch, ob du ihn überhaupt sehen willst.» fragte Irma und schaute Betty forschend an. Betty lehnte sich zurück. «Also. Die Geschichte mit dem. Die ist ewig her. Ich kann mich gerade noch erinnern.» sagte sie. «Ist es nicht erstaunlich, dass eine so etwas vergessen kann?» Fiorentina schaute Betty fragend an. «Ich weiß.» sagte Betty. «Ich dachte, du vergisst keinen Liebhaber. Das kannst du nicht vergessen. Aber dann.» Betty kicherte und Irma musste auch lachen. «Wie ich das erste Mal den Namen von einem nicht mehr wusste. Da war ich sehr erstaunt.» meinte Betty, und Irma antwortete, «dann war er eben nicht erinnerungswert.» Irma musste wieder lachen. «Aber dann macht es doch ohnehin keinen Sinn.» sagte Fiorentina. «Vielleicht fällt es dir wieder ein, wenn du ihn siehst.» sagte Irma und grinste. Sie sagte, «vielleicht überkommt es dich und du kannst dich an alles wieder erinnern. Ich würde das ausprobieren.» Irma lehnte sich auch in die Pölster zurück. «Vielleicht ist das schön.» sagte sie verträumt. «Das Interessante ist, dass wir uns nie getrennt haben.»

Betty setzte sich wieder auf. Fiorentina zog die Augenbrauen hinauf. «Nie?» fragte sie. Betty verneinte. «Nie.» «Dann war es wirklich keine wichtige Geschichte.» sagte Irma. «Da muss ich zustimmen.» sagte Fiorentina. «Das Schlussmachen. Das sagt doch alles darüber, was für eine Beziehung das war.» Fiorentina hatte sich vorgebeugt. Betty blieb in die Pölster genestelt. «Na ja. Es war ja auch so nebenbei. Er war damals verheiratet und ich hatte die Kinder. Also Liebe war das sicher nicht. Aufregend. Das war aufregend gewesen. Eine Abwechslung. Kennt ihr das. Wenn das Leben so anstrengend ist. Und so durcheinander. Und dann kommt jemand mit den gleichen Problemen um die Ecke.» Betty dachte nach. «Also mehr eine mariage der Umstände?» fragte Fiorentina, und Betty nickte. «Ja. Das waren die Umstände.» «Also bitte.» rief Irma. «Die Umstände gehen doch nicht miteinander ins Bett. Ihr wart doch im Bett. Oder?» Betty zuckte mit den Achseln. Irma begann laut zu denken. «Na bitte. Sonst würdest du dich überhaupt nicht an ihn erinnern. Wieviele Leute trifft eine immer wieder und die Umstände passen. Aber deshalb erinnert man sich doch nicht an die. Oder geht mit denen unbedingt ins Bett. Da habt ihr doch. Also. Wenn man ins Bett geht. Miteinander. Da kommt man doch. Also wie soll ich das sagen. Da gelangt man doch an einen anderen Ort. Gemeinsam. Oder bin ich da zu romantisch?» Irma sah sich fragend um. «Wenn du nicht immer dieses ‹man› verwenden würdest.» Fiorentina war irritiert. «Du verlängerst damit immer wieder diese männliche Dominanz.» «Ich bitte dich.» rief Irma. «Lass mich mein Argument zu Ende führen.» bat sie. Fiorentina bestand aber auf ihrem Einwand. «Du kannst doch sagen: Wenn Leute miteinander ins Bett gehen. Oder, wenn man oder frau miteinander ins Bett gehen.» «Sagen wir doch, «Wenn zwei Personen ein Verhältnis miteinander beginnen.» warf Betty ein. «Dann gibt es keine Einschränkungen.» «Jetzt hast du mich wieder vollkommen abgelenkt.» wandte Irma sich an Fiorentina. «Betty. Erzähl weiter.» Betty setzte sich zurecht. Sie hatte die Beine angezogen und hielt sie umarmt. Sie schaukelte ein wenig. «Es gibt eine gewisse Sympathie für ihn. Oder eher eine ungewisse Sympathie. Es war schon während der Affaire klar, dass es ihm nur um sich geht. Er hatte Probleme mit seiner Beförderung und hatte sich schlecht behandelt gefühlt. Seine Kinder waren ein bißchen jünger als meine und sicher genauso anstrengend. Seine Frau hatte wieder zu arbeiten begonnen, und es gab Schwierigkeiten mit den Au-Pair-Mädchen. Die waren da alle aus der Slowakei und konnten am Wochenende nach Hause fahren. Wenn die von weiter weg sind, dann müssen die auch am Wochenende da sein und können eingesetzt werden. Und wir haben einander auch gar nicht so oft getroffen. Immer sehr spät. Ich glaube, der kam dann vom Flughafen. Von den Spätflügen aus Frankfurt und Zürich. Damals gab es kein Flighttracking. Und die Frau wird, selbst erschöpft, sich gar nichts gedacht haben. Wie gesagt. Es war ein paar Mal. Über drei oder vier Monate. Oder war das ein halbes Jahr? Und ich habe ihn immer Steinschneider genannt. Nie seinen Vornamen benutzt. Irgendwie. Ich habe dieser Geschichte zugesehen. Ich war nie so richtig verliebt, und er war mir nie so perfekt sympathisch. Aber er war ein interessanter Mann. Einen fehlerlosen Mann. Das hat es nicht gegeben. Das hatte ich schon gelernt gehabt. Und eigentlich. Ich würde lieber die Frau treffen. Wir sollten uns über diese Zeit damals unterhalten. Aber die Frau ist schon gestorben. Und wenn ich mir das überlege. Dann. Ich weiß nicht.» Betty schaute Irma an. Dann Fiorentina. Beide schauten skeptisch drein.

«Es wäre ein Zeitvertreib.» sagte Irma. «Ein historischer Blödsinn wird als Wiederholung nicht heilsamer.» meinte Fiorentina.

Episode 10.

15. April 2020. Wien.

Gleich am Morgen. Beim Blick in den Spiegel. «La prima cosa bella.» murmelte sie sich böse zu. Sie sah ihrem Vater mehr als sonst ähnlich. Dann beim Weg in die Küche. Im Wohnzimmer. Fiorentina saß schon da. Sie trug ein Courregekleidchen und weiße Lacklederstiefel. Sie hatte die Haare mit eine Spange vom Gesicht weggebunden. Jelinekartig. Betty ging sehr schnell an ihr vorbei. Fiorentina machte das, um sie auf ihre Nachlässigkeit hinzuweisen. Dabei passte Fiorentina diese Frisur gar nicht. Diese Frisur passte keiner, die über 7 Jahre alt war.

Betty war verstört. Gereizt. Sie trank den ersten Kaffee noch im Stehen in der Küche. War sie verstört, weil es von oben so ruhig war. Sie hatte nun schon den zweiten Tag keinen Ton von oben gehört. Musste sie hinaufgehen und anläuten? Musste sich eine nun einmischen? Waren alle Regeln des Abstands in diesem Abstandhalten verkehrt worden? Oder war die Welt einmal mehr dorthin geraten, dass eine sich auf ihr Gefühl verlassen musste? Aber Gefühle waren meisten unzivilisiert, und sie wollte sich nicht in diese Geschichte da oben hineinziehen lassen. Was war dann nachher? Wenn alles wieder normal war? Da musste sie sich den zweiten Kaffee einschenken und ins Wohnzimmer gehen.

«Normal wird nicht sein.» sagte Fiorentina. «Damit kann ich mich nicht beschäftigen.», sagte Betty und setzte sich an den Computer. «Ich muss arbeiten.» fauchte sie. Fiorentina stand auf. «Arbeiten? Muss?», fragte sei süffisant und ging aus dem Zimmer.

Betty beantwortete Mails. Ein Journalist hatte Interviewfragen geschickt. Er fragte sie, was sie mit ihrem letzten Roman sagen hatte wollen. Einen Augenblick. Betty starrte den Bildschirm an. Das war eine übliche Frage. Das war keine gute Frage, aber üblich. Es war der Bildungsmaschine Österreichs nicht gelungen, Kunst und Kultur als selbstverständliche Grundlage zu vermitteln. Und eigentlich. Betty lehnte sich gegen die Lehne ihres Bürosessels. Eigentlich hatten die das nie gewollt. Das wären ja dann rundherum gebildete Personen geworden. Personen, die nicht mehr auf Führung angewiesen wären. Personen, deren Zustimmung erworben werden hätte müssen. Und nicht nur deren Stimme. Das hatte sich der Herr von Sonnenfels so ausgedacht und dabei war es geblieben. Die Person immer nur ein Teil und nie ein Ganzes. Und nur die Musik hatte sich durchschmuggeln können. Gegen diese Kleinmacherei. Und ein Roman musste deshalb einen erkennbaren Sinn ergeben und war nicht ein Modell der Welt und als solches begehbar. Betty saß da. Das ist mindestens das hunderttausendste Mal, dass du das denkst, sagte sie sich und die Versteinerung verwandelte sich in Gummi. Ihre Leibesmitte. Von den Rippen bis zu den Hüften. Heißer Gummi. Sie musste aufstehen. Im Wohnzimmer auf und ab gehen. Sie setzte sich. Sprang auf. Wenn sie sich bewegte, war es nicht so schlimm. Lähmungserscheinungen, dachte sie sich. «Lähmungserscheinungen!» rief sie. Aber keine der Freundinnen emanierte. Wieder half nur der Zorn. Sie schrieb eine Abhandlung über den Roman an den Journalisten. Dass der Roman an sich schon politisch sei und wenn er das nicht wäre, dann wäre das kein Roman. Aber dann löschte sie gleich wieder. Das hatte alles keinen Sinn. Sie waren rettungslos verloren. Niemand war vorbereitet. Niemand hatte sich vorbereiten können. Wenn sie gewusst hätte, was sie jetzt wusste. Sie hätte eine Kommune gegründet. Hätte sich mit anderen zusammengeschlossen. Dieses so vollkommene Alleinsein.

Sie stand einen Augenblick. Sie konnte es fühlen. Wenn das noch lange so blieb. Ihr Körper würde sich in gallertigen Gummi verwandeln. Sie würde vergummiieren. Das Gummigefühl würde die Brust ausfüllen. Die Hüften stilllegen. Den Hals erreichen. Man würde sie als Gummipuppe finden. Vielleicht sogar wieder zurückverwandelt in ein Baby. So wie ihre Babypuppe Ingeborg. Oder wie im «Stern der Ungeborenen». Aber dann. Die Vorstellung, dass Franz Werfel recht haben hätte können. Die Verstörung davon war so groß. Sie musste zum Spiegel zurück gehen und dem Gesicht ihres Vater in ihrem Gesicht sagen, dass das nicht stimmen konnte. Franz Werfel war ein Lieblingsdichter ihres Vaters gewesen. Wie alle diese Kitschonkels aus der Nachkriegszeit nach dem Ersten Weltkrieg. Die hatten ja alle wirklich angenommen, ihre Romane würden Politik machen, und dann war es «Mein Kampf» geworden. Weil diese Männer in ihrer Selbstüberschätzung nicht bemerkt hatten, dass «Mein Kampf» wie eine dieser katholischen Kampfschriften geschrieben war und deshalb für alle verständlich. Das waren die erfolgreichen Autoren gewesen. Die Frauen damals hatten viel klüger geschrieben. Und witziger. Aber was half ihr jetzt Faschismuskritik.

Betty fuhr dann hinaus. Sie flüchtete in Richtung Flughafen. Fuhr in Fischamend von der Autobahn ab und suchte nach einem Feldweg. Sie ging dann die Bahnlinie entlang. Sie ging auf einer Schotterstraße. Bog in einen Schotterweg ein. Sie ging zwischen Feldern. Gepflügte Erde. Trocken bröselig. Hunderte Meter weit in jede Richtung. Weit in den Feldern. Sie blieb stehen. Maria Ellend nach links. Die Donau tief eingegraben hinter ihr. Vor ihr diese Felder und dann ein bewaldeter Hügel. Die Sonne glasig und heiß. Die Luft kühl. Inmitten dieser Felder. Die Weite. Betty drehte sich um sich selbst. Sie konnte weithin schauen. Sie konnte den Blick weit hinschicken. In den Himmel hinauf. Sie breitete die Arme aus. Drehte sich noch einmal. Die Weite in die Brust atmend.

Beim Zurückgehen. Betty hatte umgedreht. Ein weißer Pickuptruck war vorne quer gefahren und hatte eine Staubwolke hinter sich hergezogen. Betty wollte nicht in diesen Staub geraten. Der Pickup. In Filmen fuhren Vigilantes damit herum. Die Gewehre hinten festgeschnallt und ein Hund stand bellend auf der Ladefläche. Sie ging eine Hecke entlang zum Auto zurück. Sie konnte sich noch an den Streit um die Hecken erinnern. In den 80er Jahren. Es hatte großen Widerstand gegeben, und die Ökologen hatten viele Seminare mit den Bauernvertretern abhalten müssen, dass die schmalen Streifen Boden für die Hecken freigemacht worden waren. Jetzt. Alles trocken. Ausgetrocknet. Unter dem glasigen Himmel. Betty seufzte. Sie war gerade die Enge losgeworden, da lud sich ihr die Trockenheit auf.

Zu Hause. Betty stürzte in die Wohnung. Sie lief an den Computer. Schaute nach. Dann rief sie Fiorentina und Irma herbei. Fiorentina hatte sich umgezogen. Sie trug ein graues Schella Kann Kleid aus den 80er Jahren und graue Wildlederpumps dazu. Betty hatte dieses Kleid kaufen wollen, war aber mit Größe 38 viel zu dick für dieses Kleid gewesen, und das Nähen hätte zu lang gedauert. Es wäre für eine Hochzeit in München gewesen. Das Paar von damals war längst geschieden. Irma war wie immer in Weiß. Weißer Hosenanzug und weiße Segelschuhe. «In welcher Jahreszeit seid ihr eigentlich?» fragte Betty. Fiorentina und Irma schauten einander an. Betty winkte ab. «Ich brauche euch.» sagte sie. «Wir müssen Regen herbeizaubern.» «Wir machen einen Regentanz?» Irma stellte sich gleich in Position. «Ja.», nickte Betty. «Es ist ganz einfach. Regen in der Zeichensprache.» «Gebärdensprache!», fiel ihr Fiorentina ins Wort. «Gebärdensprache.» wiederholte Betty und verdrehte die Augen. «Also. Das schaut so aus. Es ist total logisch.» Betty hob die Hände und ließ die Handflächen ausgebreitet, die Finger spielend die Hände wieder sinken. «Regen.», sagte sie dazu. «Regen. Bitte. Bitte Regen.» Fiorentina schaute Irma fragend an. Irma hatte sich neben Betty gestellt. «Regen. Bitte. Bitte Regen.», sagte sie mit. Fiorentina verzog den Mund, stellte sich aber auch neben Betty.

Betty wandte sich dem Fenster zu. Fiorentina und Irma drehten sich mit. Sie standen dem Fenster zugewandt. «Regen. Bitte. Bitte Regen.» Sie wiederholten das im Chor. Sie kamen in Fahrt und hoben die Hände immer höher und ließen es immer tiefer regnen. Sie reckten sich in die Höhe und ließen den Regen bis an den Boden fallen.

Bettys Handy läutete. Betty deutete Irma und Fiorentina weiterzumachen. Sie hob das Handy vom Couchtisch auf. Unbekannte Nummer. Sie zögerte. Fiorentina und Irma hörten mit dem Regengesang auf. Irma machte mit den Bewegungen weiter. Betty nahm den Anruf an. «Betty. Endlich.» Es war Steinschneider. «Steinschneider!» rief Betty. «Du bist doch gesperrt.» «Neue Nummer.» sagte Steinschneider. «Und du siehst ja. Es hat keinen Sinn. Ich finde dich.» Betty wollte antworten, dass sie das hörte und nicht sah. Dann schaute sie Fiorentina und Irma fragend an. Irma deutete ja. Fiorentina zuckte mit den Achseln. «Ich will dich sehen. Ich werde am Samstag um 14 Uhr die Nußdorferstraße vom Gürtel stadteinwärts gehen und vielleicht kommst du mir einfach entgegen.» Betty konnte nichts mehr sagen. Steinschneider hatte schon abgelegt. Edwin stand plötzlich in der Tür. «Da müssen wir vorher noch unser Gespräch haben.», sagte er. «Unfinished business.» lachte Irma. Fiorentina seufzte tief. «Wirst du wirklich dahin gehen?» fragte sie. Betty überlegte. «Wie könnten wir eine Revolution starten?» fragte sie.

Episode 11.

20. April 2020. Wien.

«Ruin.» Betty wachte in dieses Wort auf. Sie wachte in die englische Version von Ruin auf. Betty konnte nur noch auf Englisch oder Italienisch lesen. Berührungsängste sind das, hatte sie sich gedacht. «Du willst es nicht wahrhaben.» hatte Fiorentina gesagt und gleich wieder nach einer Zigarette gesucht. «Du glaubst, wenn du es nicht auf Deutsch hörst, dann ist das alles nicht so die wirkliche Wirklichkeit. Sprachmagie halt.» Warum schaute Fiorentina nach einem dieser bissigen Sätze immer gleich wieder weg und begann diese Zigarettensucherei? Sollte sie mit aller Gewalt an ihre Mutter erinnert werden? Und war es nicht genug, dass Fiorentina wie ihre Mutter gekleidet war?

«Ruiniert.» Sie sagte es laut vor sich hin. Dann rief sie es laut. So laut, dass es im Wohnzimmer zu hören sein musste. Betty hatte Fiorentina dorthin verbannt. Sie blieb liegen. Ich liege in meinem Ruin, sinnierte sie, und mit Bitterkeit sah sie vor sich, wie perfekt der lockdown ihre Welt zerstört hatte. Wie sie alle nur noch Körper waren. Und sie hatte dagegen gearbeitet. Alle ihre Texte waren gegen diesen reaktionären Alarmismus gerichtet gewesen. Gegen diese Gestalten der Macht, die nun vor ihnen allen standen und die Kultur ans Armenrecht verwiesen hatten. Ihr Körper lag schwer auf das Bett gepresst. Die Schwere machte sie erinnern. Das Schreien hatte nichts geholfen. Sie musste gegen die Schwere aufstehen. Sie wusste, wenn sie liegen blieb. Ihr Blutdruck würde absinken. Sie würde im Liegen schwindlig werden, und gegen diesen Schwindel aufzustehen, das strengte noch mehr an.

«Mein kluges Kind.» sagte sie zu sich. Sie ging zur Toilette. In ihrer Altbauwohnung gab es nur diese eine Toilette gleich neben der Wohnungstür. Im Vorzimmer. Die Vorstellung von all diesen Toiletten in all den Stockwerken übereinander gestapelt. Einen Augenblick. Einer von diesen Überfällen. «La prima cosa bella.» flüsterte sie und musste kichern. Sie ging auf die Toilette und freute sich, nicht ins Badezimmer gehen zu müssen. Sie wusch sich die Hände. Auf der Toilette gab es nur ein winziges Waschbecken und nur kaltes Wasser. Aber sie musste nicht ins Badezimmer.

Mit dem ersten Kaffee setzte sie sich ins Wohnzimmer. Draußen schien die Sonne auf die gegenüberliegende Häuserwand. Strahlend hell war das. Es hatte nicht viel geregnet. Ihr Regenzauber hatte nichts bewirkt. Diese strahlende Sonne beschien also ihren Ruin. Unbarmherzig. Diese Sonne war unbarmherzig. Und das hatte eine für die Sonne über Wüsten gelesen. Dass eine unbarmherzige Sonne herniederbrannte, war zu lesen gewesen. «The sun beating down.» stand das auf Englisch da. Die Sonne niederschlagend. Und auf Deutsch war der Niederschlag wiederum für das Gegenteil gedacht. Und das ist nun die Zukunft. Die Aufteilung in diese vielen Sprachen. Und alle Missverständnisse davon als Politik. Sie hatten alle gedacht, es würde reichen, die Voraussetzungen zu verändern. Sie hatte gedacht, wenn alle die Bereitschaft gelernt hätten. Ja die Lust daran. Zu übersetzen. Einander zu verstehen. Dann wären die Verständigungsprobleme gelöst. Aber nicht einmal in den USA. Da sprachen sie alle immerhin Englisch und konnten sich nicht verständigen. Betty seufzte. Immer wieder. Sie kam immer wieder dahin, Madame Mao rechtgeben zu müssen. Und dann musste sie wieder kichern. Ihr Kanzler machte gerade das, was die Madame Mao sich gewünscht hätte. Jede Person in ihrer eigenen Wabe, und der Staat ein Bienenstaat. Die Erntehelfer wurden eingeflogen und wieder ausgeflogen, und der Traum jedes Faschisten war erfüllt.

Betty saß da. Immerhin, dachte sie. Du sitzt wieder herum. Sie trank ihren Kaffee. «Du denkst doch nicht an diesen Steinschneider.» Fiorentina saß im Lesefauteuil und kramte in der Handtasche. Fiorentina hatte ein Nadelstreifkostüm an. Dunkelbraun mit dünnen beigen Streifen. Beige Schuhe und Strümpfe. Die Handtasche war eine dunkelgrüne Clutch. Betty beugte sich vor. Das war doch Krokodil?

Betty seufzte. «Lass sie doch in Ruhe.» Irma hatte sich neben Betty auf die Couch gesetzt. «Willst du nicht den Couchtisch wieder zurückschieben?» fragte Fiorentina. «Das wird sie schon machen.» Irma sagte das beruhigend. «Es ist ungesund, solche Provisorien einreißen zu lassen. Wenn sie ihre Gymnastik regelmäßig macht. Gut. Dann soll die Gymnastikmatte hier statt des Couchtischs liegen. Aber wenn keine Gymnastikmatte da liegt, warum ist dann der Couchtisch nicht da?» Fiorentina hatte einen Spiegel aus ihrer Clutch geholt und schaute sich hinein. «Wo soll ich meine Tasche hinlegen?» «Kein Härchen gekrümmt.» murmelte Betty. Fiorentina schaute sie scharf an. «Ja.» sagte Betty laut. «Die Frisur ist makellos.» Fiorentina zuckte mit den Achseln. «Ich gebe halt nicht auf. Wirst du dich anziehen? Du bist noch im Pyjama, weil du meinst, du wirst deine Gymnastik machen. Aber die Matte hast du weggeräumt. Also?» «Lass sie doch in Ruhe.» Irma klang gequält. Irmas weißer Kenzo-Jogginganzug blendete Betty. Es war zu viel. Dieses makellose Weiß war zu viel. Betty beugte sich vor und war nahe daran zu weinen. Ihre Schultern sackten nach vorne, und ihr Kopf hing hinunter. Gerade als das Weinen anfangen wollte, setzte Betty sich wieder auf. Wohin rannen die Tränen, wenn eine den Kopf hängen ließ? Sie wollte es nicht wissen. Sie lehnte sich zurück.

«Also. Wenn du es genau wissen willst.» sagte sie dann zu Fiorentina. Die steckte den Spiegel in die Handtasche zurück und setzte sich auf. «Ist dieser Spiegel zerbrochen?» fragte Irma. Sie stand auf und ging zu Fiorentina. «Spiegel in Handtaschen sind immer zerbrochen.» sagte Fiorentina. Irma ging zur Couch zurück. «Das ist aber kein gutes Omen. So ein zerbrochenes Glück mit sich herumzutragen.» meinte sie. «Fiorentina will sicher, dass ich endlich alle Rubbellose aufrubble.» sagte Betty resigniert. «Was soll denn das helfen?» fragte Irma. «So ein unverhofftes Glück, und der Fluch des zerbrochenen Spiegels ist gebrochen.» dozierte Betty. Fiorentina nickte. «Aber jetzt wissen wir immer noch nicht, wo die Gymnastikmatte ist und was mit dem Steinschneider war.»

Irma schaute Betty fragend ins Gesicht. «Hattest du einen Wutanfall und hast sie zerschnitten?» fragte sie. «Das hätte ich gemacht.» «Nein.» antwortete Betty. «Aber du hast recht. Das hätte ich machen sollen. Es ist doch wirklich unglaublich, wie wir uns mit aller Mühe fit halten. In Fasson halten. Was bleibt uns auch anderes übrig. Es wäre Selbstzerstörung, sich nicht irgendwie in Form zu halten. Aber eigentlich. Wir sollten uns alle gehen lassen und als Fettknödel wieder auf der Straße erscheinen. Alle riesige, scheußliche Fettknödel, und social distancing wäre unsere Lebensform. Durch unser Fett wären wir meterweit voneinander getrennt. Und dann gehen wir vor das Kanzleramt und stellen uns dahin. Und dann bleiben wir da stehen. Und stehen. Im richtigen Abstand. In der richtigen Form. Wir wären die Kinder, die alles richtig gemacht haben und nun genau dafür bestraft werden müssen. Aber wir wären als diese Kinder der schwarzen Pädagogik sichtbar. Das Elend unserer Existenz in den Fettpölstern erzählt. Der lockdown ins Fett gefasst. Diese Vorstellung, dass wir nur ein Körper sind, der sauber gehalten werden muss. Diese Vorstellung. Die wäre dann umgesetzt. Wir müssten alle vor diesem Kanzleramt stehen. Der Heldenplatz gefüllt mit den Lockdownverfetteten. Weithin nur diese fetten Leute, die nur noch Menschen sind und keine Personen. Weithin also die Menschenkörper. Die Leiber, über die das Urteil des Hygienestaats gefällt wurde. Der Heldenplatz wäre dann auch wieder seiner Bestimmung zugeführt. Aufmarschplatz der Objekte der Politik. Wie damals. Nur wir müssen stumm bleiben. Unsere Wahrheit ist nicht der Schrei «Heil Hitler». Unser Schrei ist das Schweigen der Angeschrieenen. Es ist unser Heil und nicht das eines Führers. Wir sind in ein Heil verstrickt, das uns alles kostet. Wir sind zum Heil gemacht, das in Statistiken über uns verfügt. Ein statistisches Heil und der Kanzler der Vorzugsschüler Europas. Der Kaiserkronenträger der Hygienestatistiken. Und die stimmen alle nicht. Nie wird auf 100.000 Einwohner gerechnet. Immer auf die Nationen bezogen und die alten Stärken wieder wirksam. Wie vor dem Ersten Weltkrieg. Deutschland und Frankreich im Clinch mit den Zahlen der Toten. Wer hat weniger. England auf der Suche nach Bündnispartnern, aber draußen. Russland isoliert, aber autoritär. Ungarn auf Einzelkurs und Polen auf Nachahmung des gehassten Russland. Die Ukraine. Und so weiter und so weiter. Aber wir müssten wirklich fett werden. Wirklich wirklich fett und häßlich. Fette vorwurfsvolle Staatskinder müssten wir werden. Das wäre Revolution heute. Wir müssten Österreich in eine einzige Selbsthilfegruppe für fettsüchtige Kinder verwandeln und den Staat so ausschalten. Im Übrigen. Könnt ihr euch erinnern. Mein Vater ist an so einem Spitalskeim gestorben. Da sterben mindestens so viele Personen wie am Corona. Da hat noch niemand etwas unternommen. Das wurde als Einzelschicksal eingestuft. Irma! Fiorentina! Bitte! Ich will wieder ein Einzelschicksal sein. Ach! Ich kann nicht mehr!» Betty beugte sich wieder vor.

Betty saß da. Mit hängendem Kopf. Aus dem Augenwinkel sah sie aber, wie Fiorentina und Irma einander anschauten. Fiorentina zuckte mit den Achseln. Irma beugte sich zu Betty herüber. «War es das mit dem Steinschneider, was dich so verstört hat?» Ihr verständnisvoller Ton. Betty wurde wütend. «Nein.» rief sie. «Es war die Sache mit der Gymnastikmatte in der Badewanne!»

Episode 12.

21. April 2020. Wien.

Der Kanzler spende ein Monatsgehalt, hatte Betty am Morgen gelesen gehabt. Sie hatte das in den Fernsehnachrichten schon gesehen gehabt. Den ganzen Vormittag lang hatte sie sich elend gefühlt. Deshalb. Spenden, dachte sie. Jetzt wird gespendet für dich. Sie musste hinaus. Sie wollte aber nicht joggen gehen. Sie war nicht in der Lage, die Energie für die Konfrontation mit den Entgegenkommenden aufzubringen. Sie nahm ihre blauweißgetupfte Gesichtsmaske vor das Gesicht. Sie setzte eine Baseballkappe auf. «Niqab. Niqab.» sagte sie laut. Sie sagte das noch während sie die Stiegen hinunterlief. Niemand benutzte den Lift mehr. Während sie so Niqab vor sich hin sagte, fiel ihr wieder auf, dass sie von dem Paar ober ihr nichts gehört hatte. Nichts hörte. Dass über ihr Stille herrschte. Waren die verreist? Die waren doch sonst nie verreist. Die fuhren im Sommer zwei Wochen nach Mallorca. Oder war das eine andere Insel im Mittelmeer gewesen?

Dann kaufte Betty beim Bäcker Ischler-Kekse und Roggenbrot. Sie hätte beides nicht gebraucht. Sie hatte das kurze Gespräch gebraucht. Die Augen der Verkäuferin über ihrer Maske und die fürsorgliche Erklärung, welches Brot mehr Roggen enthielt und welches gewürzt war und welches mit Molasse gemacht war. Betty stand mit der Bankomatkarte in der Hand. Sie folgte jeder Bewegung der Frau. Wie im Theater, dachte sie, und dieser Schluchzer der Betroffenheit stieg schon gleich auf. «Ich nehme noch ein Himbeertörtchen.» sagte sie, und die Verkäuferin verfrachtete die Ischler-Kekse in eine größere Schachtel und legte das Himbeertörtchen dazu. Das dauerte lange. Vor der Tür draußen standen schon drei Personen an. Betty fragte die Verkäuferin, wie es ihr ginge. Da erzählte ihr die Verkäuferin, dass ihr Sohn heute Geburtstag habe. «Kein Geburtstagsfest.» stellte Betty fest. Die Verkäuferin nickte. Sie lächelten einander an, und Betty ging. Auf der Straße. So ein Großkotz, dachte sie. Dieser Kanzler. Diese Politiker. Ein Monatsgehalt spenden, und der kleine Bub bekommt kein Geburtstagsfest. Die Herablassung davon. Aber das zeigte, wie die ihre Macht auffassten. Spenden statt Solidarität. Einen feudalen Blick. Das erzählte so eine Spende. Gnädige Zurkenntnisnahme. Armenrecht. Betty ging sehr schnell. Mit der Maske auf. Sie stürmte dahin. Sie schaute gar nicht, wer ihr wie entgegenkam, und im Haus. Sie nahm den Lift. Sie hatte diese Backwaren nur eingekauft, um jemanden zu treffen. Um ein Wort von einer lebendigen Person an sich gerichtet zu hören. «Was darf ich Ihnen geben?» Sie liebte diese Frau dafür, das so persönlich gesagt zu haben. Therapeutisch persönlich. Betty schüttelte den Kopf. Der Kanzler und der Innenminister hatten stolz gegrinst. Bei der Verkündigung der Spende. Dieses ganze Geld war nicht so viel Wert wie dieser kleine Satz und wie ihn diese Frau gesagt hatte. Im Lift. Betty schob die Maske auf den Hals hinunter. Dann setzte sie die Maske wieder auf und schaute in den alten, fleckigen Spiegel des alten, langsamen Lifts. Oben angekommen, schob sie die Scherengitter sorgfältig zu. Obwohl sie wusste, sie würde für den ganzen Tag die einzige gewesen sein, die den Lift benutzt hatte. Sie drückte trotzdem auf die Null, und schickte den Lift hinunter.

Betty wusch sich die Hände. Sie hatte die Lederhandschuhe angehabt, aber trotzdem. Die Hände rauh und am Daumen hatte sich trockene Haut gebildet. Sie konnte die Kaffeetasse nicht mehr mit einer Hand heben. Es tat weh, wenn der Henkel der Tasse diese trockene Haut gegen den Daumennagel drückte. Betty musste die Tasse mit beiden Händen halten. «Das ist doch unpraktisch.» sagte Fiorentina auch gleich. «Stell doch den Couchtisch zurück. Du kannst den Kuchenteller doch nicht auf den Boden stellen.» Betty balancierte den Kuchenteller auf dem rechten Knie, während sie vom Kaffee trank. Sie hätte in der Küche bleiben können und sich an den Küchentisch setzen. Aber der Blick in den Hof auf die Linden da. Das erste zarte Grün. Sie hielt das nicht aus. Sie konnte das nicht aushalten. Der Frühling ging durchs Land, wie das so hieß. Und. Sie versäumte das alles. Keine langen Gänge durch das Sprießen und Blühen und wie das Grün immer dunkler wurde, und es so schwierig war, zu entscheiden, was schöner war. Das erste wolkig lichte Grün? Oder dieses mittlere Grün, wenn sich die Baumkronen ein wenig schlossen? Oder das dichte Grün, das den Schatten machte? Dieses Jahr nicht, dachte sie. «Ich würde den Couchtisch auch nicht zurückrücken.» sagte Irma. «Aber sie macht doch die Gymnastik ohnehin nur so zwei Mal in der Woche.» Fiorentina suchte schon wieder etwas in ihrer Tasche. Diese Tasche war himmelblau. Eine himmelblaue Doktortasche mit tausend Goldschließen und Goldschnallen. Die Tasche passte perfekt zum Himmelblau des Dior-Kostüms. Fiorentina trug die beigen Schuhe und Strümpfe vom Vortag. Fiorentina hatte schöne Beine. Aber Betty war gleich erleichtert. Bis jetzt hatte Fiorentina noch nie etwas ein zweites Mal angehabt. Diese perfekte Vielfalt war beängstigend gewesen.

«Aber jetzt sag einmal. Wie ist das jetzt. Alles.» Irma sagte das so nebenbei. «Jetzt sagt ihr mir am besten noch, dass ihr es ja gut mit mir meint.» antwortete Betty. «Und, dass es zu meinem Besten wäre, wenn ich euch alles anvertraute.»

«So ähnlich hätten wir das gesagt. Ja und? Ist das nicht die Wahrheit?» fragte Fiorentina und schaute wieder in ihre Tasche weg. Irma stand auf. Sie ging auf und ab. «Dir fehlt das Rauchen.» stellte Betty fest. Sie schaute Irma zu. Sie schaute Fiorentina zu. Sie musste tief Luft holen. Sie verstand Irma. Sie hätte jetzt auch gerne wieder geraucht. Sie sollte einfach wieder rauchen. Das war das Richtige. Rauchen. Gegen dieses Ansteigen der Verzweiflung. Gegen diese gleitenden Überfälle ihres Körpers gegen sie selbst. Ihr Bauch. Er wurde wieder fester Gummi. Kein Platz für die Luft. Ihre Rippen. Die Rippen liessen sich nicht bewegen. Betty stand auf. Im Stehen. Sie bekam besser Luft. Sie wollte lachen. Es war doch komisch, dass sie im Sitzen nicht mehr atmen hatte können. Musste sie jetzt ihr ganzes Leben stehend verbringen. Ihr Vater hatte ein Stehpult gehabt. Wo war das geblieben. Das hätte sie jetzt brauchen können. Aber zum Essen. Sie sah sich am Stehpult stehend ihre Suppe löffeln. Sie musste die gehorteten Suppendosen verbrauchen.

Und plötzlich. «Ich hasse euch.» schrie sie. Es schrie aus ihr. Sie hätte gedacht, dass sie gar nicht genug Luft haben könnte. Für so eine Schreierei. «Ihr macht euch die ganze Zeit nur lustig über mich. Aber ich habe geglaubt, ich muss sterben. Und ja. Jetzt. Gleich nachher. Mir ist auch klar, dass das eine Panikattacke war. Aber währenddessen. Und niemand dürfte zu mir. Ich könnte niemanden herbeirufen. Niemand könnte mich in die Arme nehmen und mich beruhigen. Es gäbe nur Maskengesichter. Und das war ja auch der Grund. Das weiß ich schon. Aber das Herzrasen. Das war so. Das war so schrecklich. Ich war sicher, dass eine das nicht lange. Dass das Herz das nicht lange. Und das Zittern. Da zitterst du plötzlich am ganzen Leib. Die Angst. Die Angst. Das verschließt dich. Am Anfang ist der Kopf noch weit weg. Aber dann. Das Rasen steigt auch in den Kopf, und dann musst du es glauben. Und ja.» Betty schrie Fiorentina an. «Ja. Die Gymnastikmatte habe ich in die Badewanne gelegt. Ich habe nicht in der nackten Badewanne liegen wollen. Und ja. In der Badewanne wollte ich liegen, damit es nicht so eine Schweinerei geben soll, wenn ich. Wenn ich. Abkratze. Und nicht gefunden werde. Wer soll mich hier finden. Wenn ich am Telefon nicht antworte. Drei Tage, bis das jemandem auffällt. Nach drei Tagen. Ohne Kühlung. Und die ganze Schweinerei beim Sterben. Ich mag diese Matte nie wieder sehen. Versteht ihr? Ich brauche eine neue Gymnastikmatte. Und dann mache ich meine Gymnastik auch wieder regelmäßig.»

«Du solltest weinen.» sagte Irma. Sie war stehengeblieben und hatte Betty zugehört. «Du solltest diese Verspannungen wegweinen.» Da musste Betty wieder lachen. «Irma!», rief sie. «Du willst doch nur herausfinden, was mit dem Steinschneider war.» «Ich bin eben eine Neugierige.» sagte Irma. «Aber lieb.» fügte sie hinzu. «Aber wirklich lieb. Ich meine es gut. Meine Liebe.» Betty saß da. Das Weinen war eine Möglichkeit. Weinen war auch nur ein Instrument, dachte sie. «Weinen ist auch nur so eine Technik.» sagte sie laut. «Ich will aus diesem technischen Leben hinauskommen. Ich will etwas erleben. Versteht ihr?»

«Aber dazu wäre der Steinschneider doch da gewesen.» sagte Irma. Sie hielt den Kopf zurückgebeugt und musterte Betty. «Nein.» Betty lehnte sich auf der Couch zurück. «Es ist schon gut. Ich erzähle ja. Ich erzähle ja. Ich hole mir nur noch einen Kaffee und dann gestehe ich alles.» «Du warst zwei Stunden weg. Immerhin.» rief Fiorentina ihr in die Küche nach. «Wirklich. So lange hat das gedauert?» rief Betty zurück.

Betty füllte die kleine Espressokanne. Zündete die Gasflamme an. Stellte den Kaffee auf. Sie schaute zum Küchenfenster hinaus. Sie liebte diesen Blick. Vor dem Küchenfenster befand sich wie eine Veranda die Holzpawlatschen. Sie schaute durch zwei Fenster auf den Hof mit den drei Linden hinaus. Die Fensterscheiben der großen Pawlatschenfenster waren noch Nachkriegsglas. Das Glas blasig verzogen. Aber nur leicht. Der Ausblick auf die Bäume war verschwommen. Aber nur leicht. Wenn Betty sich bewegte, wurden die Äste und Blätter größer und kleiner. Näher und ferner. Aber angedeutet so. Betty schaukelte sich das hellleuchtende beginnende Grün auf und ab. Versank in dieses Schaukeln. Der Espresso stieg röchelnd in der Espressokanne auf. Betty musste sich aus dem Schaukeln herausreißen. Sie schenkte den Espresso in eines der Zwiebelmustertässchen ein. Sie hatte eine echt Meißen und eine nicht echte Tasse. Es war die echte Tasse. Sie trug den Kaffee ins Wohnzimmer. Irma saß auf der Couch. Fiorentina hatte den Lesefauteuil besetzt. Betty setzte sich. Sollte sie wirklich alles erzählen, fragte sie sich. Da läutete es. Es war die Glocke an der Wohnungstür. Da wurde eine Art Schraube gedreht, und ein schnarrender Ton war zu hören. Die Glocke an der Haustür unten. Das machte einen elektronischen Ton. Betty hatte sich da einen hellen Glockenton ausgesucht. Es schnarrte wieder. Betty behielt den Espresso in der Hand. Der Couchtisch fehlte ja wirklich. Betty machte die Tür auf. Zwei Polizistinnen standen vor der Tür.

Episode 13.

22. April 2020. Wien.

Betty hatte nicht geschlafen. Gar nicht. Sie war aufgestanden und hatte sich Fencheltee gekocht. Sie hatte sich auf die schmale Bank in die Pawlatschen gesetzt und in den Hof gestarrt. Noch waren die gegenüberliegenden Häuser durch die Bäume hindurch zu sehen. Im Sommer verdeckte das dichte Laub diese Sicht. Es war niemand wach. Kein Licht in irgendeinem Fenster im Hof. Auch auf ihrer Seite nicht. Betty war auf den Gang hinausgeschlichen. Sie hatte sich aus dem Gangfenster hinausgebeugt und auf ihrer Seite der Hoffassade nachgeschaut.

Betty hatte dann das Licht in der Küche ausgeschalten. Sie hatte sich ins Wohnzimmer gesetzt. Sie saß da. Im Dunkeln. Sie grübelte. Sie war erstaunt. Die Panikattacke. Das war nur eine Nacht zuvor gewesen. Sie hatte keine Erinnerung mehr daran. In sich. Sie wusste, dass diese Attacke stattgefunden hatte. Aber es war eine andere Person gewesen. Sie selbst als eine andere Person. Aber es war kein angenehmes Gefühl, nichts mehr von sich zu wissen. Es war sogar ein schlechter Geschmack, und Betty ging, sich die Zähne zu putzen. Im Badezimmer erinnerte sie nicht einmal der Blick auf die Badewanne an diese entsetzliche Sterbensangst, die sie in die Badewanne getrieben hatte. Und wann würde sie wieder zu ihrer Zahnärztin gehen können. Oder zu ihrer Cantienica-Trainerin. Das waren die fürsorglichsten Personen, die sie in ihrem Leben hatte. In zwei Wochen, hatte es geheißen. Aber wenn die Statistik nicht stimmte. Es war schon einmal so eine Regelung wieder zurückgenommen worden. War irgendetwas sicher? Und wer hatte sie nun angezeigt? Wer hatte ihr die Polizei an den Hals geschickt? Und warum hatte sie sich nicht die Haare gewaschen gehabt?

Immerhin hatte sie einen der neuen Pyjamas angehabt. Und sie hatte die Tür gleich wieder zugemacht. Sie hatte gesagt, «Einen Augenblick. Bitte.» und hatte die Wohnungstür wieder zugemacht. Sie hatte ihren Morgenmantel angezogen und dann erst wieder die Tür aufgemacht. Sie war in der Tür stehen geblieben. Einen Augenblick. Sie hatte den Impuls gehabt, die Polizistinnen hereinzubitten und die Wohnung absuchen zu lassen. Einen Augenblick hatte sie sich diesen Triumph gewünscht. Es war ja klar gewesen, dass es um eine Übertretung der lockdown-Verordnungen gegangen war. Fremder Besuch. Fremde Leute. Fremde Viren. Aber dann hatte ihr Bürgerinnensinn gesiegt. Der Polizei freiwillig eine Wohnungsdurchsuchung gestatten? Nein. Die Polizistinnen waren freundlich gewesen. Ruhig und freundlich. Es habe eine Anzeige gegeben. Eine Frau habe gschrien. Und gleichzeitig müsse festgestellt werden, dass nur sie allein in dieser Wohnung gemeldet sei. Dass also niemand außer ihr sich in dieser Wohnung befinden dürfe.

Es war dann schnell geklärt. Es sei niemand da. Und nein. Sie erlaube keinen Eintritt. Sie habe die Nerven verloren. Es tue ihr leid. Sie habe eine Panikattacke gehabt und laut geschrien. Und nein. Sie brauche keine Hilfe. Und vielleicht war es auch nur die Musik gewesen? Manchmal drehe sie die Musik zu laut auf. Aber normalerweise sei am Vormittag auch nie jemand im Haus, weil alle arbeiteten. Sie habe sich eben noch immer nicht daran gewöhnt, dass alle in ihren Wohnungen waren, aber trotzdem niemand zu hören sei. Aber bitte. Sie habe eine Frage. Wer sie denn nun angezeigt habe. Das könne sie nur erfahren, wenn es ein Verfahren gäbe, war die Antwort gewesen. Es hatte immer die Kleinere der beiden Polizistinnen gesprochen. Die große Blonde war breitbeinig daneben gestanden und hatte sich auf dem Gang umgesehen. Ob es immer zwei Wohnungen in jedem Stockwerk gäbe, hatte die gefragt. Dann hatte wieder die Kleinere weitergesprochen. Für dieses Mal gäbe es keine Folgen, hatte sie gesagt. Betty hatte schon fragen wollen, worauf diese Folgen denn folgen sollten, wenn es nichts gab, dem zu folgen gewesen wäre. Sie hatte sich aber rechtzeitig gefaßt. Sie hatte sich herzlich bedankt. Dann hatte sie wieder den Impuls niederkämpfen müssen, diese beiden Frauen zum Kaffee hereinzubitten. Eine Gier nach Reden war das gewesen. Der Schock über die Anzeige hatte sie aber schlaff gemacht, und sie hatte nichts mehr gesagt. Sie hatte die Tür zugemacht und war an die Tür gelehnt stehengeblieben. Sie hatte den Polizistinnen beim Weggehen zugehört. Sie hatte dann aber nicht sicher sein können, ob diese beiden Frauen aus dem Haus gegangen waren, oder ob sie bei der Nachbarin unten angeläutet hatten. Sie war zu lange an der Tür stehen geblieben.

Betty war sicher, dass es die Frau von unten gewesen war. Oder war es das Ehepaar oben? Hatten die sie angezeigt? Hatten die? Die Vorstellung machte Betty sprachlos. Sie ließ die in Ruhe? Sie ging denen aus dem Weg? Sie mischte sich nicht ein? Und die holten die Polizei? Die waren doch die Störenfriede. Die stritten so laut, dass sie es mitbekommen musste. Das war asozial. Das war pervers.

Betty verbrachte die Nacht auf der Couch. Sie holte sich die Tuchent und legte sich auf die Couch. Sie wachte in das Gefühl der Unsicherheit wieder auf. Sie war verfolgt. Aber von wem. Noch vor dem ersten Kaffee ging Betty duschen. Wusch sich die Haare. Sie zog sich an. Sie zog den dunkelblauen Hosenanzug an und die beige Seidenbluse. Sie trank nur Wasser. Sie war zu nervös für Kaffee. Sie wartete bis es halb neun geworden war. Vor der Wohnungstür. Sie musste tief Luft holen. Dann ging sie los. Sie ließ die Wohnungstür leise ins Schloss fallen und stieg ins nächste Stockwerk hinauf. Sie hielt ihren Schlüsselbund umklammert. Sie musste den Kopf schütteln. Warum schlich sie so ängstlich da hinauf. Und sie hatte es gewusst. Sie hatte es immer gewusst. Diese Auseinandersetzung würde kommen. Diese Auseinandersetzung war unvermeidlich, und ohne zu zögern, klingelte sie.

Es war still. Keine Antwort. Betty klingelte ein zweites Mal. War das Big Ben, wie diese Glocke klang? Betty trat an das Geländer. Im Stiegenhaus. Sie hörte jemanden heraufsteigen. Betty blieb stehen. War das die Nachbarin von unten? Sie beugte sich über das Geländer. Sie hielt sich an dem hölzernen Handlauf fest und beugte sich weit vor. Die heraufsteigende Person ging aber knapp an der Mauer. Betty konnte niemanden erkennen. Dann ging die Person an ihrer Wohnungstür vorbei und stieg weiter herauf. Es war die Frau vom Ehepaar von oben. Es war die Ehefrau.

Die Frau hatte Betty gesehen. Sie stieg schneller. Eilte herauf. Betty schaute ihr entgegen. Die Frau deutete ihr zu warten. Betty blieb stehen. Dann ging sie einen weiten Schritt zurück. Abstand. Die Frau kam oben an. Sie war atemlos. Sie nickte Betty zu und keuchte. Sie stand vorgebeugt und sich räuspernd vor ihrer Wohnungstür. Sie nickte Betty zu. «Es ist alles gut.» flüsterte sie Betty zu und winkte Betty gleichzeitig, den Abstand beizubehalten. «Nicht laut.» sagte die Frau. «Das Haus!» und sie deutete auf die andere Wohnungstür auf dem Stockwerk. Betty beugte sich vor. «Mir geht es gut. Verstehen Sie!» Die Frau sagte das dringlich. «Uns geht es gut. Verstehen Sie?» Betty schaute skeptisch. «Ja. Ja.» Die Frau wurde gleich wieder leise. Flüsterte. «Der lockdown. Wir müssen uns nicht streiten. Verstehen Sie. Wir streiten nicht.» Die Frau lächelte verschämt. «Wir streiten nicht.» sagte sie noch einmal. Betty lächelte die Frau an. «Good news.» sagte sie. Und dann fügte sie «Das freut mich sehr.» hinzu. Und warum hatte sie das erst einmal auf Englisch sagen müssen. Sie schaute die Frau an. Dann lächelte sie die Frau an und ging hinunter. Sie hatte tausend Fragen im Kopf, aber dann war das eben so. Für dieses Paar war der lockdwon das Richtige. Was konnte sie dazu sagen? War das eine Heilung? Hatte der Zwang von außen die inneren Zwänglichkeiten aufgehoben? War es darum gegangen, elterliche Gewalt wiederholt sehen zu müssen? War die Gefangenschaft schon Gewalt genug? Oder war die Perversion im Kleinen nun im Großen Psychotischen befriedigend? Sie konnte sich das nicht vorstellen. Aber sie nahm sich vor, sollte die Streitereien von oben wieder zu hören sein. Sie würde das ansprechen. Es war Gewalt und wenn die das so haben wollten, dann mussten sie die Schüttung zwischen den Wohnungen verstärken. Zumindest. Leben und leben lassen. Das musste nicht zu Lärmbelästigung führen.

Sie hörte die Glocke an ihrer Wohnungstür schnarren. Sie eilte die Stiegen hinunter. Der Mann von der anderen Wohnung im Stockwerk unten stand vor ihrer Tür. Er trug eine Maske und trat gleich einen Schritt zurück. Betty hatte keine Maske auf. Das hätte sie tun sollen. Wie hatte sie das vergessen können. Der Mann. Betty war nicht sicher, aber hieß der nicht Keller. Sie wusste nichts über ihn. Aber er grüßte sie immer, und sie grüßte zurück. Der Mann lächelte hinter seiner breiten grünen Gesichtsmaske. «Ich wollte Ihnen nur sagen, dass die Polizei auch bei mir war. Ich glaube, es ist meine Nachbarin, die uns angezeigt hat. Was hat man Ihnen denn vorgeworfen?»

Betty war plötzlich müde. Was war denn das alles. Das verschämte Lächeln der Frau von oben fiel ihr ein. Die Nachbarin von unten, die alle anzeigte. Das war ein ruhiges Haus gewesen. Problemlos. Fast problemlos. Aber die Nachbarn von oben hatten meist erst um halb acht mit ihren Streitereien begonnen. Da war sie fast immer schon aus dem Bett gewesen. Und auf einmal. Polizei. Anzeigen. Wunderheilungen. Nachbarbesuche. Man war einander aus dem Weg gegangen. Bisher. Es hatten nicht einmal alle gegrüßt. Die Frau von unten war immer grußlos an ihr vorbeigegangen.

Der Mann stand da und musterte sie. Betty musste lächeln. «Wissen Sie was.» sagte sie. «Ich habe noch keinen Kaffee gehabt. Wollen Sie auch einen?»

Der Mann legte fragend den Kopf schief. «Wir machen das so.» sagte Betty. Sie sperrte auf. Holte den Sessel aus dem Vorzimmer und stellte den auf den Gang. Dann holte sie einen zweiten Sessel vom Esstisch und stellte ihn in ihr Vorzimmer. «Wie wollen Sie Ihren Kaffee?» fragte sie durch die offene Wohnungstür. Der Mann hatte sich hingesetzt. «Schwarz.» sagte er lächelnd.

«Ich auch.» nickte Betty zurück. «Aber Sie wissen schon.» Der Mann war an die Wohnungstür getreten. «Die Maske muss ich ausziehen, wenn wir Kaffee trinken wollen.» rief er Betty in die Küche nach.

Episode 14.

27. April 2020. Wien.

«Gefahr im Verzug!» rief Betty und lief in die Küche. Die Espressokanne hatte zu röcheln begonnen. Irma lachte. Fiorentina hatte die Augenbrauen hochgezogen. «Kannst du gar nichts ernst nehmen?» fragte sie.

Betty hatte sich den Espresso eingeschenkt und stand mit der Tasse in der Hand in der Tür. «Und kannst du nicht irgendetwas locker nehmen?» fragte sie zurück. Fiorentina seufzte. Sie blieb aufrecht sitzen. Betty setzte sich. «Such ruhig in deiner Tasche nach nicht vorhandenen Zigaretten.» sagte sie zu Fiorentina. «Kommt. Ihr beiden.» Irma versuchte zu vermitteln. Fiorentina stand auf und stellte sich ans Fenster. Irma setzte sich in den Lesefauteuil und legte ihre Beine über die Armlehne. «Du mußt die Betty verstehen.» sagte Irma zu Fiorentina gewandt und dann zu Betty. «Seit dem Anruf von deiner Verlegerin bist du …» «Na was?» lachte Betty. «Komisch?» versuchte Irma. «Krampfhaft lustig.» sagte Fiorentina zum Fenster hinaus. Betty lachte.

Fiorentina drehte sich um und kam zur Couch zurück. «Ich glaube.» sagte sie nachdenklich. «Ich glaube, du solltest jetzt einen Bestseller schreiben und ganz viel Geld verdienen.» Betty bekam einen Lachanfall. «Ja. wirklich.» Fiorentina setzte sich neben sie. «Lach nicht.» sagte sie. «Das ist jetzt deine Stunde.» Betty konnte vor Lachen nichts sagen. Sie schüttelte den Kopf. Holte Luft. Sie musste aber doch wieder lachen. «Jetzt sag schon, was die Verlegerin gesagt hat. Deshalb lachst du doch.» Irma musste mit Betty mitlachen. Betty nickte und versuchte sich zu beruhigen.

«Schreib einen Roman mit einem jungen Mann als Hauptfigur. Über einen von diesen aalglatten Typen, die gerade an der Macht sind.» Fiorentina hatte sich zurückgelehnt und überlegte laut. «Du meinst so einen Felix-Krull-Typen?» fragte Irma. Fiorentina nickte. Betty war wieder zu Atem gekommen. «Niemand will einen neuen Text haben.» seufzte sie. «Es gibt sogar einen Lieferstopp für die Verlage. Ich musste meine Verlegerin trösten, statt dass es umgekehrt war. Das war einmal umgekehrt gedacht. Der Verleger motiviert die Autoren und Autorinnen. Das hat sich umgedreht.» Betty musste wieder lachen. «Das ist jetzt so.» sagte Irma. «Das ändert sich und ein Roman darüber, wie diese Krise instrumentalisiert wird. Das wird nicht aus der Mode kommen. Aber du musst es leicht nehmen. Deine schwierige Prosa. Die will jetzt wahrscheinlich wirklich niemand lesen.»

«Na großartig.» Betty stand auf. Sie nahm die Espressotasse und trug sie in die Küche. «Schön, dass ihr mich so toll unterstützt» murmelte sie. «Wir hören dich.» rief Irma.

Betty setze sich an den Küchentisch. Sie schaute hinaus. Sie trank zu viel Kaffee. Das machte sie nervös. Nervös. Das war einmal ein neues Wort gewesen. Ihr Vater hatte sich lustig darüber gemacht. Da war sie sehr klein gewesen. Nervös. Ihre Mutter hatte das zu ihr gesagt. Das Kind mache sie nervös, hatte ihre Mutter gesagt. War das die gleiche Unruhe gewesen, die sie jetzt verspürte. Wenn sie hinaussah. In das Grün der Linden. Vom Rippenbogen in den Bauch hinunter diese Unruhe. In sich gedreht zerrend. So war das. Und kein Gegenmittel. Sie hätte in die Innenstadt gehen wollen. Sie hätte sich über jeden Touristen und jede Touristin gefreut, die sie sonst zum Teufel gewünscht hatte. Sie wollte in einer Menge von Leuten untergehen. Über den Stephansplatz gehen und sich beeilen, die Massen hinter sich zu lassen. Betty musste nicken. Ja, musste sie sich sagen. Sie hatte keine Lust mehr hinauszugehen. Jetzt. Sie hatte die Lust verloren, sich in der Stadt herumzutreiben. War sie schon verwandelt? War sie schon umerzogen? Hatte sich die Stimme der Regierung schon in ihr eingenistet? Hatte sie ihre Selbstbestimmung bereits geopfert? Hatte sich ihre Selbstbestimmung selbst aufgegeben? War sie so schwach? War es gar nicht so weit her gewesen mit ihrer Autonomie?

Betty sprang auf. Sie stürzte ins Wohnzimmer, aber bevor sie etwas sagen konnte. Irma schaute sie vorwurfsvoll an. «Was?» fragte Betty. Irma und Fiorentina schauten sie weiter an. «Leute.» seufzte Betty. «Leute! Ihr könnt doch nicht so neugierig sein. Ihr seid ja schlimmer als jedes Tratschblatt!» Betty stand an die Tür gelehnt. «Ihr seid doch sonst nicht so einig.» stellte Betty fest. Irma und Fiorentina grinsten einander zu und nickten. «Doch!» sagten sie im Chor.

«Also den Herrn Keller werde ich zu einem Kaffee treffen, wenn wir das wieder dürfen.» Betty sagte das, als bete sie eine Litanei herunter. Irma und Fiorentina schauten sie auffordernd an. «Ach. Der Steinschneider.» «Ja und?» fragte Irma. Sie hatte sich im Lesefauteuil aufgesetzt und erwartungsvoll vorgebeugt. «Das kann doch nicht wahr sein.» sagte Betty. «Wir sind in der eigenartigsten Krise eingefangen! Wir sind in einem Krieg gegen einen unsichtbaren Feind! Wir sind unseren Regierungen hilflos ausgeliefert! Wir sind Geiseln in diesem Kampf! Unsere Wohnungen sind in Gefängnisse umgewandelt, und Pech, wenn du nicht schön wohnst! Alles, was falsch war, ist noch falscher! Das Verantwortungssubjekt des 18. Jahrhunderts ist in das Untertanenobjekt des 14. Jahrhunderts verwandelt! Wir sind vor die Reformation zurückgestoßen worden! Wir werden wieder an unserem Körper gemessen! Und der Körper wiederum wird einem neuen Reinlichkeitsideal unterworfen! Die gesamte Kultur des Individuums! Alle so schwer und grauenvoll erkämpfte Kultur des Rechts auf die eigene Person wird für ungültig erklärt! Ausradiert! Und ihr wollt wissen, ob ich den Steinschneider getroffen habe?» Irma und Fiorentina nickten grinsend. «Ja!» sagten sie wieder im Chor. «Und halt keine Predigten.» murrte Fiorentina.

«Die hält doch schon dieser Kanzler.» kicherte Irma. «Ja.» musste Betty nicken. «Man fragt sich, in welchem Priesterseminar der seine Rhetorikausbildung gemacht hat.» «Also?» fragten Fiorentina und Irma.

Betty holte tief Luft. «Das mit dem Herrn Keller stimmt nicht.» sagte sie. «Wir telefonieren. Ich telefoniere. Mit dem Fritz. Der Keller heißt mit dem Vornamen Friedrich. Aber er wird Fritz gerufen. Und er ist nicht Lehrer. Ich habe gedacht, dass der ein Lehrer ist. Aber er ist Richter. Und mehr weiß ich selber nicht. Ach ja. Er hat gesagt, dass er mich in einem Konzert im Konzerthaus gesehen hat, und ob ich oft in Konzerte gehe. Er geht da auch hin. Wir könnten das gemeinsam tun, haben wir gesagt. Zufrieden?» Betty schaute von Irma zu Fiorentina. Die zwinkerten einander zu und schüttelten den Kopf.

Betty stand auf. «Ich werde meine Unterwäschelade aufräumen. Ich kann ja jetzt jederzeit ins Schlafzimmer gehen. Keine sadomasochistischen Dialoge von oben. Und ist das nicht eine Erholung?» Betty reckte die Arme. Sie streckte sich. Dann ließ sie die Arme wieder fallen. Sie beugte sich vor und ließ ihre Hände bis zum Boden sinken. Sie streckte die Beine durch. Sie machte das jetzt so oft, dass sie den Boden ohne Mühe erreichte. Wieder aufgerichtet sagte sie zu Fiorentina, «Vielleicht hast du recht mit deinem Vorschlag. Und wisst ihr, an wem ich mich da rächen könnte.» Fiorentina legte ihren Kopf fragend schief. Irma saß wieder quer auf dem Lesefauteuil und wippte mit den Beinen. Fiorentina hatte das Pepitakostüm und die schwarzen Pumps an. Irma trug ein viel zu kühles Sommerkleid in Weiß und die weißen Sneaker. Betty ging ans Fenster. «Wenn ich so einen Roman schriebe. Die Hauptfigur. Ich könnte mir Little Lord Fauntleroy als Hauptfigur vorstellen. Little Lord Fauntleroy. Ich habe diesen Kerl immer schon gehasst. Schon wie ich das das erste Mal gelesen habe. Dieses sonnige, hübsche und in allem richtige Kerlchen, und wie der diesen Großvater herumkriegt. Wie Jesus. Im Tempel. Gott, habe ich den gehasst. Den habe ich auch gehasst. Damals. An denen. Ich könnte mich an denen rächen, indem ich sie mir zur Vorlage nehme. So ein Kerlchen, das es immer richtig macht und alle hereinlegt damit. Ja. Das wäre sehr erholsam. Wahrscheinlich. Da muss ich nachdenken.» Betty ging ins Schlafzimmer davon. Sie kam aber gleich wieder. «Die Sache mit dem Steinschneider ist viel zu peinlich. Das wollt ihr gar nicht wissen.» sagte sie schnell und verschwand wieder.

Episode 15.

28. April 2020. Wien.

Betty konnte dann nicht mehr schlafen. Sie war zu früh schlafen gegangen. Sie hatte in der Dämmerung noch einen Spaziergang gemacht. Sie war die Fliederblütenroute gegangen. Die Magnolienblütenroute hatte sie wegen des lockdowns versäumt gehabt. Sie wanderte die kleinen Parks und Gärten entlang. Die Sonne war schon fast untergegangen. Die Abendkühle hatte den Fliederduft herniedersinken lassen. Betty ging durch diese Duftnebel und atmete tief ein. Der Fliederduft. Sie war ruhig geworden. Ruhiger. Der Duft des Flieders. Der Zorn und die Enttäuschung des Tages. Betty war ruhig geworden. Ruhig und müde. Sie war nach Hause zurückgekehrt. Im Haus. Sie hatte den Lift genommen. Sie hatte nicht an Herrn Kellers Wohnungstür vorbeigehen wollen. Betty hatte Sorge, es könne aussehen als dränge sie sich auf. In der Wohnung war es vollkommen still. Nicht einmal der Eiskasten brummte. Auf der Straße draußen kaum Verkehr. Im ganzen Haus war es still. Die Nachbarin von unten war von ihrem Sohn abgeholt worden. Betty hatte diesen Auszug nur bemerkt, weil der Sohn auf dem Gang immer wieder sehr laut gezischt hatte, seine Mutter solle keinen Lärm machen. Betty war kurz an der Tür gestanden und hatte überlegt, ob sie hinausgehen sollte. Aber es war so schwierig, in aller Eile zu erklären, dass eine sicher nicht eine Meldung machen würde. Dass es ihr gleichgültig war, ob der Sohn seine Mutter besuchte. Die Nachbarin von unten war schließlich wirklich alt.

Im Bett. Im Liegen. Sie hatte ganz kurz geschlafen gehabt. Sie war ins Nachdenken weggesunken gewesen und hatte sich im

Liegen wiedergefunden. Betty musste aufstehen. Sie zog dann den Morgenmantel an. Die Wohnung kalt. Sollte sie die Heizung einschalten. Betty nahm die Tuchent ins Wohnzimmer mit und setzte sich auf die Couch. Es war ein neues Gefühl, das sie am Schlafen hinderte. Es war Wut. Aber es war eine melancholische Wut. Sie war in diese Wut resigniert. Sie musste sich sagen, dass sie es ja gewusst hatte. Sie hatte gewusst, dass das Falsche sich zeigen würde. Sie hatte nur nicht erwartet, dass es sie so direkt treffen würde. Direkt und in den Bauch. Sie hatte erst gar nicht genau lesen können, was da gemeint gewesen war. «Website gändert»: Private Treffen «natürlich nicht verboten» So war das in den ORF Nachrichten im Internet dagestanden. Und darüber «Angst erwünscht? Opposition kritisiert Regierung scharf.»

Betty saß da. Sie hatte kein Licht aufgedreht. Vom Hof nur der Widerschein der Stadt. Kein Fenster erleuchtet. Betty starrte in die Schatten ihrer Wohnung. Sollte sie sich einen Tee kochen. Oder sollte sie eine Flasche Wein aufmachen. Champagner am besten. Es war schließlich das 75-jährige Jubiläum der Zweiten Republik. Allein der Gedanke an das Elend. Damals. Und wie die Familien in ihren Wohnungen sitzen mussten. Hinauszugehen hatte sich da von selbst verboten. Die Nazis liefen noch herum und schossen. Die Russen. In den Erzählungen von damals torkelten die herum und waren fürchterlich betrunken. Alle, die in den Wohnungen saßen. Die waren schon wieder Österreicher. Die waren in Kollektivschuld zusammengepresst und konnten ihre Frauen und Kinder nicht schützen deshalb. Aber wie seltsam doch. Es war damals doch Österreicher gegen Österreicher gewesen. Nazi gegen Nichtnazi, aber alle ehemalige Österreicher und da gerade noch Deutsche und ab diesem Datum dann wieder Österreicher. Am Ende. Die Rachemaßnahmen der Nazis. Das war eine Art Bürgerkrieg gewesen. Und die Folgen bis heute. Champagner also nicht.

Und die Website geändert. «Das Gesundheitsministerium hat heute auf APA-Anfrage mitgeteilt, dass private Treffen trotz der seit Mitte März geltenden Ausgangsbeschränkungen zulässig sind. Eine missverständliche Formulierung auf der Website des Ministeriums, die ein Verbot von Besuchen bei Familienmitgliedern und Freunden nahelegt, wurde geändert.»

Sie war also ausgetrickst worden. Sie alle waren ausgetrickst worden. Und dieses Austricksen. Das passte in die Berichte, dass der Bevölkerung Angst gemacht werden musste. So sagte es jedenfalls das Protokoll der entscheidenden Regierungssitzung. Der Kanzler fand, er müsse der Bevölkerung durch Angst die Gefährlichkeit der Situation klarmachen. Auch ein Trick, dachte Betty. Es war bitter. Sie war von dieser Politik zum Kind gemacht. «Sonst kommt der Krampus.» hatte die Großmutter gesagt. «Sonst kommt der Schwarze Mann. Der Wau Wau. Und der holt dich.» Natürlich war das dieser gegenreformatorische Katholizismus, den die cisleithanische Politik in der Monarchie zur Erziehung des Volks einsetzte. Aber dennoch. Sie war Gegenstand einer solchen Politik geworden. Sie war zum Deppen gemacht worden. Sie hatte sich an die Regeln gehalten, um dann zu hören, dass es sich nur um eine missverständliche Formulierung handle. Sie war also selber schuld.

Betty musste auflachen. Sie kannte das. Sie kannte das aus ihren Beziehungen. Und besonders mit Edwin. Der hatte dann auch behauptet, sie habe ihn missverstanden und er habe gemeint, sie solle einmal so probeweise zu ihm kommen. Gesagt hatte er aber, «Du weißt, wir müssen zusammenleben.» Sie hatte diesen großen Koffer mitgehabt und war nach 3 Tagen wieder abgereist. Für so kurz wäre sie nicht nach Basel geflogen. Da hätte sie ihn lieber in Mailand getroffen. Oder irgendwo. Basel langweilig. Aber Edwin hatte es sicher ernst gemeint. Dann hatten sich seine Pläne geändert und die Frau aus Beirut war wieder aufgetaucht. Das wusste sie jetzt im Nachhinein. Und sie hatte gar nicht mehr diskutiert mit ihm. Sie war einfach abgefahren. Wenn einer sich selbst so anlügen konnte, dann machte gar nichts einen Sinn. Aber bei Edwin. Da konnte sie das als neurotisch ansehen. Vielleicht auch mehr. Aber in der Politik? Lachten die jetzt über sie alle? Kicherten die in den Sitzungen darüber, wie brav sich alle in ihre Wohnungen eingesperrt hatten und hätten es nicht müssen? Freuten die sich, wie sie alle betrügen hatten können? Eine missverständliche Formulierung, die vom Verfassungsgerichtshof dann nicht mehr bewertet werden konnte? Eine Formulierung auf einer Website? Sie war von einer missverständlichen Formulierung regiert worden und musste die Folgen selbst verantworten? Hätte sie nicht diese Polizistinnen mit gutem Recht wegschicken können? Sie war verlegen gewesen. Vor denen. Sie hatte ein schlechtes Gewissen gehabt, weil sie den Steinschneider ja doch getroffen hatte.

Betty lag auf der Couch. Sie kuschelte sich in die Tuchent. Sie wollte nicht ins Bett zurück. Im Wohnzimmer. Da war sie in der Mitte ihrer Wohnung. Das Schlafzimmer. Das war Rückzug und die Hilflosigkeit tiefen Schlafs. Sie wollte sich nicht in diese Hilflosigkeit fallen lassen.

Betty fühlte sich nicht sicher. Sie war nicht sicher. Man war nicht sicher in so einem Staat. Sie hätte weinen können. Sie hatte sich bemüht, nicht asozial zu sein und diese Maßnahmen mitzumachen. Sich einzuordnen. Und dann wäre es doch besser gewesen, sich an nichts zu halten. Nicht brav zu sein. Zu tun, was eine wollte, und dieser Politik nichts zu glauben. Wieder fielen ihr die letzten Tage des Deutschen Reichs und die ersten Tage der Zweiten Republik ein. Und wie die Rufe der von den russischen Soldaten vergewaltigten Frauen hilflos verhallten. Wie die politischen Häftlinge auf dem Weg von Stein nach Wien bei Hadersdorf massakriert worden waren. Die Geräusche. Betty musste sich immer die Töne vorstellen. Wie Köpfe eingeschlagen wurden. Knochen zerschlagen. Leiber zerfetzt. Das Keuchen. Das Jammern. Schreien. Das obszöne Gelärme der selbsternannten Kommandeure der letzten Stunden der Nazi-Herrschaft. Die politischen Häftlinge. Sie waren erschlagen worden. Es hatte nicht mehr genug Munition gegeben.

Irgendwann dann. Es war noch dunkel. Betty war erschöpft. Sie war froh, sich die Rede des Kanzlers zu diesem Gedenktag nicht angeschaut zu haben. «Lüge. Lüge. Lüge.» sagte sie laut vor sich hin. «Böse. Böse. Böse.» Und. Wenn eine sie braucht, dann sind die Phantome auch nicht da, dachte sie noch. Aber wie hätten Irma und Fiorentina sie trösten mögen. Das war Geschichte. Trost gab es da nicht. Besser machen, das wäre das Richtige gewesen. «Mit kleinen Lügen beginnt es.» hatte die Großmutter gesagt. Und die hatte recht. Die hatte das alles leben müssen. Aber warum hat der Keller mir das nicht gesagt, fiel Betty noch ein. Als Richter. Der hätte doch wissen müssen, dass das missverständlich formuliert war. Oder nicht? Und wen wollte sie als Erstes treffen? Wen als erste Person zu sich einladen. Betty überlegte. Der Steinschneider schien ganz allein zu sein.

Episode 16.

29. April 2020. Wien.

«Ich finde, Betty hat recht.» sagte Irma und setzte sich auf das Fensterbrett. Sie schaute in die Bäume im Hof hinaus. «Es sollte wirklich regnen.» murmelte sie.

«Die liebe Betty.» Fiorentina drehte sich zu Betty auf der Couch herüber. «Die liebe Betty hat zu viel Phantasie. Das ist doch so?» Fiorentina hatte sich weit zu Betty vorgebeugt.

Fiorentina saß wieder in Bettys Lesefauteuil. Sie saß aufrecht und gerade da. Sie hatte die Beine elegant übereinandergeschlagen und die Unterschenkel aneinandergelegt. Fiorentina trug ein apfelgrünes Twinset zu einem dunkelgrünen Tweedrock mit orangem Faden. Dazu die beigen Pumps und hautfarbenene Strümpfe. Betty war noch im Pyjama. Sie schaute Fiorentina an und beschloss, sich überhaupt nicht anzuziehen. «Nein. Ich habe nicht zu viel Phantasie.» sagte sie. «Ich habe Gefühle. Das ist alles. Und diese Gefühle werden mir seit ich auf der Welt bin vorgeworfen. Ich werde das nie verstehen. Wie soll ich keine Angstträume haben, wenn mir die Wirklichkeit als ein Schlachthaus beigebracht wurde. Allein dass ich lernen musste, dass es die Shoa gegeben hat. Und was das war. Ich habe nicht ein Quäntchen Phantasie, meine Liebe. Ich habe nur meine Lektion gelernt und nicht vergessen. Das ist es. Ich hätte diese Bilder vergessen und damit eine normübliche Rassistin werden sollen.» «Ach Betty.» seufzte Irma vom Fenster her. «Fühl dich doch nicht immer so verfolgt.» Betty schüttelte den Kopf. «Das ist nicht hilfreich.» klagte sie.

«Schaust du dir deshalb diesen Cuomo immer an?» fragte Fiorentina. «Du schaust doch immer die Pressekonferenzen von diesem Governor in New York an?» «Sie findet so kühle, hässliche Männer eben interessant.» stellte Irma fest. «Ja.» meinte Fiorentina. «Dieser Keller schaut ja auch nicht so gut aus.» Betty konnte nur lachen. «Ihr kommt wirklich nicht von diesem Thema ab.» stellte sie fest. «Ich schaue mir diesem Cuomo an, weil ich finde, dass so regiert werden sollte. Ruhig. Besonnen. Fast ohne Gefühle, und dann doch. Ich liebe eben dieses US-amerikanische understatement.» «Man könnte es auch Kitsch nennen.» warf Fiorentina ein. «Finde ich nicht.» sagte Irma. «Ich mag es auch. Ich glaube, es geht um Sicherheit. Oder?» Irma schaute Betty fragend an. Betty nickte. «Gestern hat er diese Rede über die Werte gehalten, und ich habe ihm glauben können. Natürlich weiß ich, dass das alles im Einzelnen nicht so stimmt. Aber mit diesen Werten. Decency. Dignity. Pride in themselves. Ihr wisst schon. Da, wo er über die essential workers gesprochen hat. Im öffentlichen Verkehr. Feuerwehr. Polizei. Krankenwesen. Ich würde mich gerne als Person so zusammengefasst sehen. Aber das Tolle ist halt, dass er auf Englisch immer alle meinen kann. Er muss nicht Ärzte und Ärztinnen sagen. Mit doctors hat er alle gemeint. Oder nurses. Und ich fühle mich mit einer solchen Rede direkt angesprochen. Ich bin als Person angesprochen. Direkt und ganz persönlich kann ich mich in diese Werte einreihen. Er erzählt mir, wie ich diesen Werten beitrete. Ich bleibe vollständig dabei. Ich werde vollständig gemacht als Person, die sich zu Werten bekennt. Hier. Wenn ich höre, dass es um Österreich geht. Dass es um ein Comeback für Österreich geht. Da geht eine doch unter. Mit diesem altmodischen Nationalismus. Da bist du doch nie als Person gemeint. Da geht es nur um deinen Beitrag und nicht um dich. Da sind wir von der Aufstellung des ersten Volksheers 1868 nicht weit weggekommen.

Du lieber Himmel. Wir sind so in dieser Kultur gefangen.» «Aber in die USA willst du doch auch nicht mehr?» fragte Irma. «Die haben diesen Trump gewählt. Ich meine, der ist eine wandelnde narzisstische Persönlichkeitsstörung und das genaue Gegenteil von Bürgerwerten.» Fiorentina lächelte süffisant. Betty zuckte mit den Achseln. «Ist es nicht seltsam, dass wir nirgendshin flüchten könnten. Reisebeschränkungen. Ist das nicht seltsam.» «Das wissen wir nun hinlänglich.» ätzte Fiorentina. «Ist dir das langweilig. Ja?» fragte Betty aufgeregt. «Ist es dir langweilig, die Situation zu besprechen? Gehörst du zu den Leuten, die sich schon so angepasst haben, dass sie sich gar nicht mehr erinnern, was für Personen sie vor dem Virus waren?» Betty war empört. «Aber es ist auch vernünftig. Wir können doch nichts ändern an dieser Situation.» sagte Irma begütigend. «Es ist, als hättest du die Realität verloren.» fügte Fiorentina hinzu. «Wir würden dich gerne aus deinem Tief herausreissen.» «Und das wollt ihr mit der Tratscherei über die Männer machen?» rief Betty ungläubig.

«Ja.» sagte Edwin. «Es wäre Zeit dafür.» Edwin stand in der Tür zum Vorzimmer. Er lehnte sich an den Türrahmen. Er hatte die Arme vor der Brust verschränkt. Warum schaut er so verdammt gut aus, dachte Betty. Laut sagte sie, «Du bist immer noch der Mann, den ich vergessen will.» «Warum?» fragte Edwin. «Du bist einfach abgefahren.» Er wandte sich an Irma und Fiorentina. «Sie ist einfach abgefahren. Sie hat ein Paar Schuhe stehengelassen. Aber sie hat nicht angehalten, damit ich ihr diese Schuhe übergeben könnte. Nein. Sie ist davongesaust. Ohne Erklärung. Was soll ich damit anfangen?»

Irma kam vom Fenster und setzte sich neben Betty auf die Couch. «Stimmt das?» wandte sie sich an Betty. Fiorentina deutete Edwin, sich auf den kleinen Fauteuil zu setzen. «Nein, danke.» sagte der. «Aber die Tür kannst du zumachen.» sagte Betty. Edwin verdrehte die Augen und schloss die Tür. Er blieb an den Türrahmen gelehnt stehen. «Betty?» mahnte Fiorentina. Betty schüttelte den Kopf. «Na komm.» lockte Irma. «Ihr wollt nur mein Bestes.» rief Betty. Fiorentina und Irma zogen die Schultern hoch und beugten sich ihr zu. Betty beugte sich vor und verbarg ihr Gesicht in den Händen. «Die Wahrheit? Ihr wollt die Wahrheit wissen? Wirklich die Wahrheit?» Sie schaute auf. Alle Augen waren auf sie gerichtet. «Das ist ja ein Verhör!» Betty setzte sich wieder auf. «Na gut.» sagte sie. «Ich wollte es nie besprechen. Nie. Aber gut. Also.» Betty überlegte. «Also?» wollte Irma Betty weiterhelfen. «Also. Ich habe diese Papiere gefunden.» Betty schaute Edwin ins Gesicht. «Du hast diese Papiere in der Lade mit dem Papier liegen gehabt. Ich vermute, du wolltest, dass ich das finde. Ich kenne das. Mein zweiter Mann hatte mir auch die Tickets nach Palermo in die Lade mit den Kuverts gelegt gehabt. Die Tickets waren für ihn und die Frau aus Berlin, und mir hat er gesagt, dass die Reise abgesagt sei, weil er arbeiten müsse. Und du hast dasselbe gemacht. Das waren die Papiere, die man braucht, um eine Ausländerin heiraten zu können. Und der Stempel auf den Papieren war der Tag, bevor ich das erste Mal zu dir nach Basel gekommen bin. Du erwartest doch nicht, dass ich übersehe, dass du eine andere Frau heiraten willst. Oder?» Betty musste Atem holen. Sie stand auf. Dann setzte sie sich wieder. «Kann ich bitte in Ruhe gelassen werden?» fragte sie.

Fiorentina setzte zum Reden an. Irma kam ihr zuvor. «Das ist nicht dein Ernst!» rief sie aus und schaute Edwin an. Der schaute auf seine Schuhe und zuckte mit den Achseln. Dann richtete er sich auf. «Ich kann das erklären. Du hättest mir die

Gelegenheit geben müssen, das zu erklären.» «Was gibt es denn zu erklären, wenn es Papiere gibt?» fragte Fiorentina. «Es klingt schon sehr seltsam. Du holst dir die Papiere, um eine Frau aus Beirut zu heiraten, und erwartest eine Frau aus Wien, der du gesagt hast, du willst mit ihr zusammenleben?» Irma war aufgestanden und hinter die Couch gegangen. Sie hatte sich hinter Betty gestellt. «Ja.» murmelte Edwin. «Da hat sich etwas gekreuzt.» sagte er und malte einen Kreis mit dem rechten Fuß auf den Teppich. «Es hätte sich alles geklärt. Ich habe das alles ernst gemeint, was ich dir gesagt habe. Ich bin kein Monster. Ich hätte alle Probleme gelöst. Das ist doch so im Leben, dass auf einmal alles passiert. Ich hätte da schon herausgefunden. Das ist doch zu verstehen!»

Betty saß da. Sie lehnte sich gegen die Pölster auf der Couch. «Wie oft muss eine sich von dir trennen, bis sie dich los ist?» fragte sie. «Und hast du diese Frau wenigstens geheiratet. Die wird ja den Aufenthalt in der EU gebraucht haben. Hast du wenigstens dieser Frau das Wort gehalten?» Betty hatte sich zurückgelehnt gehabt und zur Zimmerdecke hinauf geredet. Sie setzte sich wieder gerade auf. Edwin war nicht mehr da. Betty seufzte tief auf. «Hast du das nicht gegoogelt?» fragte Irma. «Ich hätte das längst gegoogelt.» Wie lange das dauert, bis so eine Geschichte abgetan ist, dachte Betty. «Es dauert genau halb so lang wie die Beziehung gedauert hat.» stellte Fiorentina fest. «Aber kann das alles stimmen?» fragte sie. «Das ist schon ein bißchen viel. Und du bist dir sicher, dass das alles so war?» fragte sie Betty. «Ich glaube das schon.» sagte Irma. «Erstens kenne ich solche Geschichten, und zweitens habe ich auch von Eva Illouz, «Warum Liebe weht tut» gelesen. Da sind noch wildere Beispiele drinnen.» Irma beugte sich zu Betty hinunter «Und jetzt überlegen wir, was du anziehen sollst.» sagte sie. «Oder willst du lieber laufen gehen?» fragte Fiorentina. Betty lächelte. Einen Augenblick. Sie lächelte Fiorentina und Irma an. «Ich werde mir ein Eis kaufen gehen.» sagte sie. «Da Salvo hat wieder offen. Ich nehme Himbeere und dunkle Schokolade. Was soll ich uns mitbringen?» fragte sie.

SEASON 2.

Episode 1.

4. Mai 2020. Wien.

«Es sind Implosionen.» sagte Betty. «Zuerst fühlt es sich an, als ob ich platzen müsste. Und dann. Ich falle über mir selbst zusammen. Die Schultern kippen direkt in den Bauch, und die Rippen sind wie verschwunden. Ich werde ein Ball, aus dem ich herausschaue. Und das Schlimmste. Ich muss die ganze Zeit weinen. Aber dann auch immer nur fast. Ich habe keinen Antrieb. Ich weiß gar nicht mehr, was das ist.»

«Ja.» Fiorentina saß im Besuchersessel. Heute. Sie trug ein moosgrünes Kleid mit einem weitschwingenden Rock und moosgrüne Sneaker. Fiorentina war heutig gekleidet. Irma dagegen trug einen weißen Minirock und einen weißen langen Pullover. Die Welt steht auf dem Kopf, dachte Betty. Fiorentina trug weiter vor. «Du hast ja auch gar nichts geschafft. Kein Projekt ist fertig geworden. Es waren alles nur Pläne. Vielleicht musst du diese Quarantänezeit als Ferien im Abstrakten nehmen. Verstehst du?» Irma schüttelte den Kopf. «Immer bist du viel zu streng!» wandte sie sich an Fiorentina. «Das ist der Schock.» meinte sie und schaute Betty prüfend an. «Die kommen doch alle erst aus dem Schock heraus.» Sie sprach wieder mit Fiorentina. «Bis jetzt hat der Schock gewirkt. Und der wirkt nach. Eigentlich müsste man euch alle in diese Silberdecken einwickeln und betreuen.»

Betty musste gleich wieder gegen aufsteigende Tränen ankämpfen. Die Vorstellung, sie würde zugedeckt werden. Von einer anderen Person. Sie würde betreut werden. Von einer anderen Person. Es würde sich jemand sorgenvoll über sie beugen. Sie nach ihrem Befinden fragen. Ihre Hände nehmen und unter die Decke legen. Die Decke sorgfältig über ihren Händen glatt streichen. «Ich bin gleich wieder da.» würde diese Person sagen. Leise und nur zu ihr. Betty musste den Kopf schütteln. Die Vorstellung wegschütteln. Und die Erinnerung. Sie hatte mit 18 die Mandeln herausoperiert bekommen. Sie hatte sich an diese Operation erinnern müssen. Die Mandeln spielten eine große Rolle in der Abwehr von Krankheiten. Die Mandeln waren ein Teil des Immunsystems. In der Überinformation zum Coronavirus, die immer nur zu tieferem Unwissen geführt hatte. Sie hatte sich immer erinnern müssen, dass sie dieses Organ zum Kampf gegen den Virus nun nicht mehr zu Verfügung hatte. Sie musste sich dann immer gleich auch fragen, was das für eine Medizin damals gewesen war, die alles gleich herausschneiden hatte müssen. Und. Die Operation war als einer dieser Albträume in Erinnerung geblieben. Ein Mordanschlag im Lachgasrausch. Und wieder eine dieser Gelegenheiten, in denen eine Person sich vollen Wissens der Verletzung stellte. Zu ihrem Besten, wie dann gesagt worden war. Und wie gesagt wurde. Sie war also zu ihrem Besten zu wenig betäubt gewesen und hatte diesen Arzt über sich, und wie sie erstickte in Erinnerung. Nachher. Damals war das in der Arztpraxis gemacht worden. Sie war auf einem Bett gelegen und hatte geweint. Sie hatte geheult. Sie hatte sich nicht beruhigen können. Jedesmal wenn ihre Mutter ihre Hand genommen hatte und beruhigend auf sie eingeredet hatte. Sie hatte erneut zu heulen begonnen. Immer wieder und immer wieder. Und das würde wieder so sein. Jetzt. Jetzt, in diesem Augenblick. Wenn jemand sie in die Arme nehmen würde. Oder nur ihre Hände. Sie würde zu weinen beginnen. Heute würden ihr nur die Tränen aus den Augen rinnen. Sie würde nicht dieses verzweifelte Schluchzen haben.

Aber vielleicht dann doch.

Betty nahm einen Polster von der Couch und hielt ihn umarmt. Sie hatte nicht gewusst, wie sehr ihr diese Berührungen gefehlt hatten und wie sehr sie ihr weiter fehlen würden. Ein absurdes Bild stieg vor ihr auf. Der Fritzi Keller nähme ihre Hand, zöge sie zu seinem Mund und küsste sie. Ganz leicht und vorsichtig. Und er schaute ihr dabei bedeutungsvoll in die Augen. Und sie müsste in Tränen ausbrechen und sich schluchzend in seine Arme werfen oder sofort davonlaufen, weil die Nähe zu viel wäre.

«Ganz ruhig.» sagte Fiorentina. «Noch habt ihr nicht einmal ein Treffen zusammengebracht.» Betty zuckte mit den Achseln. «Das ist doch sehr schwierig.» stimmte Irma ihr zu. «Wenn sie ihm ein Briefchen schreibt und in seinen Briefschlitz an seiner Tür steckt. Das ist doch aufdringlich. Oder? Und auf die SMS hat er noch nicht geantwortet.» «Aber die hast du doch erst heute geschrieben?» fragte Fiorentina. «Wenn du so lange nicht antwortest?» Fiorentina seufzte. Betty lächelte erst. «Gib zu. Das macht dir Spaß!» Irma stieß sie an. Betty nickte.

Ja. Es machte Spaß. Theoretisch machte es Spaß. Aber am Samstag. Das war der 2. Mai gewesen und das Betreten des öffentlichen Raums wieder möglich. Sie hatte die Küche aufgeräumt. Sie hatte Roberto Murolo aufgedreht gehabt. Sie konnte alle seine neapolitanischen Lieder mitsingen. Jedesmal fiel ihr ein, wie ihr Vater eine so ähnliche Tenorstimme gehabt hatte. Dann hatte sie sich wie immer gefragt, ob das der Grund war, warum sie diese Lieder anhörte. Dann war sie wieder da gelandet, dass sie diesen Sänger aus Neapel genauer recherchieren wollte. Dass sie seine Lebensgeschichte erkunden hatte wollen. Als nächstes Projekt. Sie hatte ein für alle Mal für sich das Michael Jackson Problem lösen wollen. Roberto Murolo war das, was heute ein sex offender genannt wurde. Er war wegen Beziehungen zu minderjährigen Mädchen verurteilt worden. Das war in der Nachkriegszeit in Italien gewesen. Was stimmte da und was nicht. Und dieser Tatbestand fiel bei Edgar Allan Poe niemandem ein. Und in den «Wahlverwandtschaften». Wie alt ist denn Ottilie eigentlich. Aber das war es ja gewesen. Die Musik hatte sie nicht erreicht. Ihr Lieblingslied. «Je te voglio bene assaie.» Sie war stehengeblieben. Am Samstag hatte sie das Nudelsieb in der Hand gehalten. Am Sonntag hatte sie gerade eine Semmel aus dem Tiefkühler geholt. Sie hatte innegehalten. Bis das Piepsen des Tiefkühlschranks sie aus der Erstarrung herausgerissen hatte. Das Lied. Die Musik. Diese Stimme. Es hatte sie nichts erreicht. Ihre innere Erstarrung. Es war alles abgehalten gewesen. Alle Gefühle schon nur mehr eine Erinnerung. Kein Jetzt. Das Lied hatte sie aufgewühlt. Bis dahin. Die Musik hatte Italien bedeutet. Alle Italianitá. Alle Liebesgeschichten. Die Möglichkeiten von Liebesgeschichten. Was gewesen war. An Liebesgeschichten. Was sie sich wünschte. Von Liebesgeschichten. Bittersüß war das gewesen. Bittersüße Ahnungen von Vergangenheit und Zukunft. Bittersüßes Wissen von der Zeit war das gewesen. Leben. Lebendigkeit. Ihr Leben und ihre Lebendigkeit. Und das alles tot. Alles Asche. Sie sich selbst Asche.

«Ich kann es mir schon erklären.» sagte Betty zu Fiorentina und Irma. «Aber ich muss es ja doch durchmachen.» Alle schwiegen. Fiorentina und Irma starrten auf ihre Schuhe. «Ich habe mich darauf gefreut. Ich habe gedacht, dass das eine Befreiung sein wird, wenn wir wieder alles dürfen. Aber nein. Ich verfalle.» Betty seufzte. Fiorentina räusperte sich und schaute Irma an. Irma holte tief Atem. Fiorentina sagte, «Es ist eben keine Befreiung.» Fiorentina sagte das sanft und eindringlich.

«Nein.» fuhr Irma fort. «Es ist nur eine Lockerung. Verstehst du. Es ist eine gesunde Reaktion. Oder? Fiorentina. Du stimmst mir doch zu. Es ist eine gesunde Reaktion, nicht gleich in Jubel ausbrechen zu können.» «Vor allem führt es zu Gesundheit, wenn du nicht gleich wieder alle umarmst.» ergänzte Fiorentina. «Ihr seid so Obrigkeitshörig.» murrte Betty. «Wir sind deine Stimme der Vernunft.» sagte Irma grinsend.

Betty flüchtete. Sie nahm das Auto. Sie musste noch tanken und fuhr gleich auch noch durch die Waschstraße. Die Schlangen da hatten sich aufgelöst. Am Samstag hatten die Autos die Kreuzung zur Obkirchergasse verstellt gehabt, so viele wollten die Waschstraße benutzen. Warum waren die Waschstraßen denn nun gesperrt gewesen. Betty wollte fragen, aber dann hatte sie die Maske aufsetzen müssen und hatte sich die Frage lieber erspart. Von der Waschstraße weg fuhr sie in die Donauauen. Da blühte der Bärlauch, und der Waldboden war weiß von den Blüten. Der Anblick. Betty hatte gefürchtet, das mache sie gleich wieder sentimental. Aber sie ging und ging durch diese weiße Waldlandschaft und freute sich. Sie freute sich über das weite Ausschreiten. Sie freute sich über das Knarren der Bäume im Wind. Sie freute sich über das Grün. Das Blau. Die Wolken. Die Sonne. Den Weg. Das Singen der Vögel. Das Rascheln des Laubs. Sie freute sich auch, allein zu sein. Bin ich nun endgültig zu einer Einsiedlerin geworden, fragte sie sich. «Zur Einsiedlerin gemacht worden.» verbesserte sie sich und ging. Sie ging, bis sie an die Donau gekommen war und ihr Blick flußaufwärts und flußabwärts und ans andere Ufer schweifen konnte.

Episode 2.

6. Mai 2020. Wien.

«Nein. Es geht mir nicht gut.» Betty saß vor dem Computer. In einer Email war sie gefragt worden, ob es ihr gut gehe. Betty seufzte. Es war der 6. Mai. Sonst. Da war sie auf Reisen. Da war sie herumgefahren. Vor einem Jahr war sie mit Studenten aus Deutschland auf der Hohen Wand gesessen und hatte über den Zustand der Welt diskutiert. Sie waren am Rand zu den Felswänden gesessen und hatten hinausgeschaut auf die Ebene. Danach waren sie rund um den Neusiedler See gefahren. In Ungarn waren sie kurz ausgestiegen und auf ungarischem Boden herumgehüpft. Im Gasthaus «Zur Dankbarkeit» in Podersdrof hatten sie keinen Tisch bekommen. Sie bekam da jetzt nie mehr Platz. Der alte Wirt hatte sie gekannt. Der junge Wirt schaute sie so von oben nach unten an und sagte dann erst, dass es keinen Platz gäbe. Er mochte wohl nur junge Frauen und bedeutungsvoll wirkende ältere Männer. Sie waren ins Café Engländer nach Wien gefahren. Die hitzigen Diskussionen hatten alle diese Fahrten kurz erscheinen lassen. Und richtig.

Betty erinnerte sich. Die Erinnerung blieb aber vorne. Hinter den Augen. Im Körper. Keine Reaktion. Kein Wiederempfinden des Ausblicks. Der Weite. Der Wolken, die so knapp über ihnen dahingesegelt. Die Hitze in der Sonne. Der kalte Wind darunter. Das Lachen über den Entschluss. Nach Ungarn. Das Lachen beim Hinunterfahren. Die Fahrt von der Hohen Wand hinunter eng und steil und an einer Stelle so knapp am Abgrund, dass nur der Himmel zu sehen ist. Ungarn. Wie das gleich nach der Grenze zu sehen war. Die Ortsnamen. Die Werbeplakate. Die

Werbeaufschriften der Schönheitsinstitute und Zahnarztpraxen gleich nach der Grenze. Die vielen Autos in den Parkplätzen da. Österreichische Nummernschilder die meisten. In Ungarn war auch der Wald anders. Die Häuser. Die Häuschen. Die Zäune. Nur die Kirchen wie im Burgenland. Betty konnte das überlegen. Sie konnte es nicht spüren. Erinnerung. Das war die Wiederholung des Gewesenen gewesen. Hohl. Das war hohl geworden. Leer. Gefühllos. Sie hatte die Kraft des Erinnerns verloren. Nein. Es ging ihr nicht gut. Sie war impotent gemacht worden. Ein Fallbeil war niedergegangen. Zwischen ihr jetzt und ihr früher. Katastrophen machen das, sagte sie sich. Aber die Frage war, würde sie ihre Erinnerungen wiederfinden können. Oder musste sie ausziehen, sich ein neues Leben zu verschaffen. Betty hob die Hände. Abwehrend. Ja, sagte sie sich. Es wird ein Mittelweg sein. Aber sie hasste Mittelwege. Sie hasste es aber auch, in der Mitte durchgerissen zu sein und nicht zu sich finden zu können. Geduld. Sie brauchte Geduld. Woher sollte sie Geduld nehmen. Wo war die zu finden.

Sicher nicht auf der Straße. Da hatte ein Polizist sie gerade angeschrien. Betty war auf der Spittelauer Lände in Richtung Friedensbrücke gefahren. Sie hatte in ihre Buchhandlung fahren wollen. Zur Buchhandlung a.punkt. Zu Brigitte Salanda. Betty hatte die Polizisten schon gesehen gehabt. Es waren so viele gewesen. Sie hatten an der Kurve vor der Abfahrt zur Nordbergstraße die Geschwindigkeit gemessen. Vor der Gusenbauerstraße winkten die dortigen Kollegen die Schnellfahrer aus der Kolonne heraus. Betty war nicht schnell gefahren. Sie war vom Währinger Gürtel gekommen und hatte für Radfahrer stoppen müssen. Die Autos auf der Lände. Die kamen mit Schwung um die Kurve. Der Verkehr war noch nicht dicht. Aber die Zeiten der leeren Straßen vorbei. Betty hatte geseufzt. Die leeren Straßen waren einer der wenigen Vorteile des lockdowns gewesen.

Und daß die Polizei die Schnellfahrerei wieder einschränkte. Es war ein Naturgesetz. Der Polizist vor der Gusenbauerstraße. Auch dort standen an die zehn Polizisten und Polizistinnen. Lernten die das gerade? Verkehrskontrolle? Ausweiskontrolle? Hatte sie alles mit?

Der Polizist vor der Gusenbauerstraße lief über die Fahrbahn und winkte einen silbergrauen Audi zur Seite. Dazu musste der die drei Fahrbahnen queren. Alle mussten bremsen. Der Polizist zwischen den Autos. Betty war ganz rechts. Sie fuhr Schritttempo. Der Polizist lief neben ihrem Auto. Er schrie sie an. Sie solle anhalten. «Stehen! Stehen!» keuchte er. Betty war unter 50 gefahren. Da war sie sicher. Sie schaute den Polizisten durch die Windschutzscheibe an. Deutete auf sich. Der Polizist. Er trug keine Maske. Er stellte sich vor ihre Motorhaube. Er schrie weiter. «Stehen. Stehen.» Der graue Audi war mittlerweile am Straßenrand von Polizisten umringt. Der Polizist vor Betty. Jemand rief ihm etwas zu. Er drehte sich weg. Machte eine Handbewegung. Wegwerfend, musste Betty sich sagen. Wegwerfend verächtlich. Nichtswürdig. Betty hatte schon nach ihrer Handtasche gegriffen gehabt. Die Papiere.

Betty fuhr weiter. Bei der Rossauer Kaserne bog sie nach rechts ab und fuhr nach Hause. Ihr war die Polizistin in diesem Billa im zweiten Bezirk eingefallen. Wie die mit einem Joghurt in der Hand dagestanden war. Die Frau war groß und schlank gewesen. Sie hatte über alle hinwegsehen können. Sie hatte sich umgesehen. «Ich sehe uns schon das alles hier managen.» hatte sie gesagt. Sie hatte die Nase gerümpft und sich um sich gedreht dabei. «So redet Ihr über uns?» hatte Betty diese Frau fragen wollen. Die Verachtung dieser Polizistin wie ein Sprühnebel um sie gestanden. Betty hatte nichts gesagt. Das war am Morgen der Verkündigung des lockdowns gewesen. Alle rundum. Es waren alle voller Sorgen gewesen. Die Einkaufswagen voll mit Nudeln und Tomaten in Dosen. Öl. Reis. Mehl. Eier hatte es schon nicht mehr gegeben. Haltbarmilch. Das war «das alles» gewesen. Sorgenvolle Menschen, die, im Ungewissen gelassen, so gut wie möglich für ihre Familien sorgten. Alle waren gereizt gewesen. Viele Regale schon leer. Lange Schlangen vor der Kassa. Die Polizisten und die Polizistin mussten lange anstehen, bis sie ihre Joghurts bezahlen konnten. Wahrscheinlich war es sogar Angst gewesen, was die Polizistin sich so verächtlich prüfend umsehen hatte lassen. Aber der Polizist auf der Lände. Wie der die Nerven verloren hatte. Und Betty hätte ihn verstanden. Aber auch er verächtlich. Unprofessionell. Aber eben die Polizei. In Österreich war das eine große Macht. Eine einseitige Macht war das. Es gab keine Sicherheit gegen diese Macht. Man konnte in eine Auseinandersetzung geraten, in der zuerst die Polizei die Macht hatte. Der österreichischen Polizei werden regelmäßig vom UN-Antifolterkomittee Foltervorwürfe gemacht. In Österreich arbeitet die Polizei unkontrolliert. Es gibt keine unabhängige Kontrolle. Die konnten dich 48 Stunden festhalten, und du hast das Recht gerade auf zwei Telefonanrufe. In den 48 Stunden konnten die alles machen mit dir. Alles. Es war ja dann geschehen, und die hatten es gemacht. Verurteilung wegen Polizeibrutalität. Die gab es kaum. Die hatten nichts zu befürchten. Man war den Personen selbst ausgeliefert und nicht den Mitarbeitern eines Apparats, der demokratischer Kontrolle unterlag. Und jetzt. Die Polizei bestimmte, was social distancing sein sollte. Betty konnte sich das vorstellen. Dunkelhäutige Personen mussten sicherlich viel weiter von anderen entfernt sein, als weißhäutige Personen. Die Polizistin im Billa. Wie angewidert die geschaut hatte. Die Polizistinnen vor ihrer Wohnungstür. Wie froh sie war, nicht auf ihre eigene Freundlichkeit hereingefallen zu sein und denen den Eintritt in die Wohnung zu erlauben. Betty hasste sich selbst für ihre Mittelschichtfreundlichkeit. In der Lange Gasse dann. Betty hatte sich beruhigt. Aber sie fuhr nach Hause zurück. Keine neuen Bücher. Kein Gespräch. Keine Neugierde, was es an Neuerscheinungen gab.

Sie fuhr in die Garage. Sie musste an der Ausfahrt warten. Ein dunkelgrüner Volvo fuhr aus der Garage heraus. Es war der Fritz Keller. Der fuhr also Volvo. Das hatte sie gar nicht gewusst. Sie winkte ihm zurück. Einen Augenblick. Sie hätten miteinander reden können. Die Autos standen ganz kurz nebeneinander. Betty lächelte und fuhr in die Garage hinunter. Fritz Keller hatte sein Telefon hochgehalten und sie hatte genickt. Ja, dachte sie. Zwei Telefonate stehen jedem zu. In der Wohnung versperrte sie die Wohnungstür sorgfältig hinter sich. «Leo.» sagte sie laut. «Kirchenasyl. Meine Wohnung mein Altar.»

Episode 3.

7. Mai 2020. Wien.

«Aber das ist mir doch alles vollkommen gleichgültig.» Betty verdrehte ihre Augen und warf ihre Hände in die Höhe. «Vollkommen wurscht!» setzte sie nach. Irma rückte auf der Couch näher. «Das sagst du nur so.» meinte sie. Betty schüttelte den Kopf. Fiorentina stand vom Lesefauteuil auf und ging ans Fenster.

«Es ist wichtig.» sagte sie. «Warum bemühst du dich, es zu unterschätzen? Was ist da dahinter? Versuchst du immer noch, keine Frau zu sein? Nicht weiblich? Das geht sich nicht aus. Das weißt du.»

Fiorentina hatte ein Kostüm an. Kurze Jacke mit dreiviertellangen Ärmeln und weitabstehendem Kragen á la Jackie Kennedy. Enger Rock mit Dior-Falte. Das Kostüm war aus dunkelblauer Seide mit großen, weißen Tupfen. Weiße Pumps und die Lederhandtasche auch weiß. Irma trug weiße Leggins und einen weißen fast durchsichtigen Missoni-Pullover. Betty hatte diesen Pullover bei 08/15 selbst anprobiert gehabt. «Ihr seid gut. Erstens bin ich pleite, und Kleider sind das Letzte, was mir einfällt. Und zweitens fällt mir dauernd dieser schwarze Ami ein, den ein weißer Ami mit einem Taser niederstreckt und sich dann auf seinen Kopf setzt. Irgendwo in Giorgia.» «Du hast wieder ‹Democracy Now› angeschaut?» fragte Irma. «Aber du möchtest doch den richtigen Eindruck machen.» stellte Fiorentina fest. Betty stand langsam vom Sofa auf. Dann sprang sie über den Teppich und besetzte ihren Lesefauteuil. In der letzten Zeit war da immer Fiorentina gesessen. Der Lesefauteuil stand an der hellsten Stelle des Wohnzimmers, damit Betty immer Tageslicht zum Lesen hatte. Gleichzeitig stand der Fauteuil so in der Ecke, dass Betty sich geborgen fühlen konnte.

«Wisst ihr.» sagte sie. «Ihr seid halt doch altmodisch.» Fiorentina wandte sich scharf um. Irma räusperte sich. «Ja. Altmodisch. Ihr glaubt, weil dieser Mann hierherkommen wird, wird irgend so eine Geschichte anfangen.» Fiorentina und Irma schauten einander an. Dann nickten sie. «Irgend so eine doch sicher.» sagte Irma. «Und du hast unter der Isolation sehr gelitten. Das musst du zugeben.» stellte Fiorentina fest. «Uns gäbe es gar nicht, wenn es nicht so gewesen wäre.» setzte Irma nach. Betty musste lachen. «Jetzt stellt euch vor. Ihr lungert hier herum und der arme Kerl sitzt auf der Couch. Wenn ich euch da hinter ihm stehen sehe, dann kann ich doch nicht anders als einen Lachkrampf nach dem anderen bekommen. Nein. Nein. Ich gehe mit ihm spazieren. Das ist auch diskreter.» «Da hat sie vielleicht recht.» Irma schaute fragend zu Fiorentina auf. «Ja.» sagte Fiorentina. «Sie neigt ja zu vorschneller Vertraulichkeit.» Irma nickte. «Das kommt von den Brüdern.» sagte sie. «Sie glaubt immer gleich zu wissen, was der Mann meint.» «Ja. Und dann ist sie deswegen viel zu vertrauensselig.» Fiorentina nickte Irma zu. «Du solltest ihn hier treffen. Da können wir auf dich aufpassen. Damit es nicht wieder so ausgeht wie...» sagte sie zu Betty. «Wie mit dem Edwin?» rief Betty. Irma und Fiorentina nickten. «Ich glaube, der liebe Herr Keller ist weit von dem entfernt.» überlegte Betty. «Warum machst du immer noch die Frau Hawelka nach?» fragte Irma. Betty setzte sich auf. Es stimmte. Die Frau Hawelka hatte immer dieses «liebe» vor die Namen gesetzt. Da war der liebe Herr Heller gewesen. Der liebe Herr Rainer. Und die liebe Dame und der liebe Herr. Das war zu allen gesagt worden, von denen die Frau Hawelka den Namen nicht gewusst hatte. Betty hatte die liebe Frau Hawelka nur noch ganz am Ende erlebt. Aber es war beeindruckend gewesen, wie diese Frau alle ihre Vorurteile beiseiteschieben hatte können, weil sie jeden und jede in Kundschaft verwandeln konnte. Die Meinungen der lieben Frau Hawelka waren ganz aus den frühen 40er Jahren gekommen. Ihre Haltung ihren Gästen gegenüber war dagegen von vollkommener Toleranz gewesen. Eine perfekt kronenzeitungsgeleitete Existenz war sie gewesen. Das epiteton ornans «liebe» war ein Glättungsinstrument gewesen. Damit hatte die liebe Frau Hawelka alle und jeden in ihrem Café begrüßen können. Es war so gar nicht wienerisch gewesen und besonders deswegen. Und wie die liebe Frau Hawelka mit den Betrunkenen umgegangen war. Eine Bärenführerin war sie gewesen. «Wieso denkst du jetzt über die Frau Hawelka nach?» fragte Irma. «Nostalgie hilft dir gar nichts.» stellte Fiorentina fest. «Du wirst dich entscheiden müssen, was du anziehen willst, wenn der liebe Herr Keller an deiner Tür läuten wird. Oder willst du im Morgenmantel bleiben?»

Betty hatte geschrieben und war noch nicht angezogen. Betty hatte das erste Mal in den vielen Jahren, in denen sie für das Theater geschrieben hatte, einen Auftrag vom Burgtheater erhalten. Betty hatte dem Dramaturgen genau erklärt, warum sie bisher mit dem Burgtheater nichts zu tun haben hatte wollen. Der Dramaturg hatte gelacht. Sie hatten beide gelacht. Die Corona-Krise ließ solche alten Konflikte spaßig erscheinen. Betty hatte trotzdem ein bitteres Gefühl. Hätte sie diesen kleinen Text geschrieben, wenn sie ihr normales Einkommen gehabt hätte und nicht in diese Existenzängste verfallen wäre? Dann aber wieder hatte der Dramaturg ganz richtig darauf hingewiesen, dass die Idee, solche Monologe aufführen und streamen zu wollen, direkt aus der Krise entstanden war. Betty seufzte. «Es wird dir kein Stein aus der Krone fallen.» hatte Fiorentina gesagt. «Aber sie hat doch gar keine.» hatte Irma gekichert.

In Wien gab es immer noch den Brauch, die ererbten Diademe bei Hochzeiten aufzusetzen. Betty hatte mit Freund K. am Telefon lange darüber gelacht, wie die lieben Damen einer bestimmten Schicht nach Gelegenheiten gierten, diese Juwelen auszuführen. Die inneren Gebote der Schicht bestimmten aber ganz genau die Gelegenheiten für das Tragen der Diademe, und so mussten die Hochzeiten der jeweiligen Kinder dafür benutzt und diverse Schlösser dafür gemietet werden. Auf dieses Gespräch bezog sich Irmas Gekichere. Betty seufzte tief auf. Sie hatte gar keine Lust sich anzuziehen. Sie hätte dasitzen bleiben mögen und trotzdem alles erleben. «Ich könnte eine von euch schicken.» sagte sie. Fiorentina drehte sich scharf zu Betty um. «Spinnst du?» rief sie und beugte sich zu Betty herunter. «Du wirst schön deine Sachen weitermachen.» «Du willst doch nicht, dass deine Depression siegt.» sagte Irma empört. «Das war doch deine Kampfparole. Oder?» Betty zuckte mit den Achseln. «Die werden mich nicht kriegen. Das hast du doch immer gesagt.» Irma hatte sich auf die Armlehne des Lesefauteuils gesetzt. Betty stand auf. «Nur keine Panik.» sagte sie. «Ich bin nur müde. Sonst nichts. Und jetzt gehe ich ja. Aber was soll ich wirklich anziehen?»

Betty ging ins Schlafzimmer. Von oben. Sie konnte Schritte hören. Das Ehepaar war also noch da. Betty hatte tagelang keinen Ton von oben gehört gehabt. Sie hatte gedacht, die wären in ihrem Wochenendhaus irgendwo im Weinviertel geblieben. Ob das wohl halten wird, fragte Betty und erinnerte sich an dieses sadistische Gezische von oben. Als würde sie darauf warten, dachte sie. Sie war erstaunt, wie wenig sie sich anders fühlte.

Das wurde Lockerung genannt. Aber sie ging weiter nicht gerne hinaus, und Einkaufen war anstrengend. Die Masken begrenzten das Gesichtsfeld. Betty musste Zettel schreiben, damit sie nichts vergaß. Sie wollte gleich wieder aus den Geschäften ins Freie zurück, um sich die Maske vom Gesicht zu reißen.

Betty kam ins Wohnzimmer zurück. Irma und Fiorentina seufzten. Betty hatte Jeans und ein weißes T-Shirt an. «Jennifer Aniston.» rief Betty und drehte sich um sich selbst. Fiorentina schüttelte den Kopf. Irma seufzte gleich noch einmal. Betty ging in die Küche. Sollte sie Kaffee kochen? Sollte sie etwas vorbereiten? Sollte sie abwarten? Sollte sie doch etwas anderes anziehen? Es klingelte. Die Ratsche an der Wohnungstür. Betty lief zur Tür. Draußen. Es war die Frau Trileti. Betty wollte der Frau um den Hals fallen. Dann erinnerte sie sich und trat schnell einen Schritt zurück. Frau Trileti nickte und trat auch zurück. Sie schauten einander an. «Wo waren Sie denn?» fragte Betty. Frau Trileti wollte zu reden beginnen. Da kam Fritz Keller die Stiegen herauf. Er blieb auf dem Stiegenabsatz stehen. Betty winkte ihm, heraufzukommen. Er verharrte. Frau Trileti drehte sich um und schaute auch zu ihm hinunter. «Ich melde mich.» rief Herr Keller Betty zu und drehte sich wieder um. Betty lief ans Stiegengeländer, aber der Liftschacht verdeckte den Mann. Dann war er schon fast wieder in seinem Stockwerk angelangt. «Habe ich etwas unterbrochen?» fragte Frau Trileti. «Da war nichts, was unterbrochen werden könnte.» Betty musste grinsen. Frau Trileti grinste zurück. «Also. Wo waren Sie denn? Und kommen Sie herein. Ich wollte gerade Kaffee machen.»

Betty ließ Frau Trileti in die Wohnung voraus gehen und kam dann nach. «Wenn Sie eine Maske aufbehalten wollen. Ich würde das verstehen.» sagte sie zu Frau Trileti. «Ich denke, wir sind weit genug voneinander weg.» antwortete Frau Trileti und schwenkte ihre hellgrüne Maske. Betty wies der Frau die Couch an. Sie setzte sich in den Lesefauteuil. «Was war los?» fragte sie. Frau Trileti setzte sich zurecht. Betty hörte Fiorentina und Irma seufzen. Betty musste lachen. Ihr seid doch richtig männernarrisch, dachte sie.

«Also.» begann Frau Trileti. «Ich heiße nicht mehr Trileti. Ich habe auf Kreta geheiratet und heiße jetzt Vouvou und deshalb konnte ich bis jetzt nicht nach Österreich zurück. Mein Mann. Mein neuer Mann. Der kommt nach, sobald wir wieder reisen können. Ich muss meine Angelegenheiten ordnen.»

«Siehst du.» flüsterte Fiorentina vorwurfsvoll. Sie stand immer noch am Fenster. «Andere haben eben Angelegenheiten.» Betty lächelte Frau Trileti an. «Da gratuliere ich. Frau Vouvou.» sagte sie strahlend. Sie hätte diese Frau jetzt gerne umarmt.

Episode 4.

11. Mai 2020. Wien.

Abgefedert, dachte Betty. Gleich beim Aufwachen war die Angst dagewesen. Eine dumpfe, weit entfernte Angst. Ein großer, durchlässiger Ball im Bauch. Und jederzeit. Jederzeit die Möglichkeit. Der lichte Ball sich zu einem scharfen Punkt zusammenzog und im Bauch zu kreisen begann. In alle Richtungen kreisend.

Etwas Schreckliches hatte sie in den Schlaf begleitet gehabt. Betty dachte, das war die Geschichte, wie der Polizist im Ruhestand mit seinem Sohn aufgebrochen war und den joggenden und unbewaffneten Ahmaud Arbery erschossen hat. Weil er dem Foto eines Verbrechers ähnlich sah, hatten Vater und Sohn ausgesagt. Nachdem sie Wochen später erst verhaftet worden waren. Nachdem ein Video von der Ermordung Ahmsud Arberys aufgetaucht war. Betty war im Bett gelegen und hatte überlegt, wie ein Video auftauchte. Wie so ein Video auf den Wellen der social media plötzlich da war und vor sich hin schaukelte. Wie die Wellen immer höher wurden. Wie die Wellen einen Fluß bildeten. Eine Richtung. In diesem Fall in Richtung eines Staatsanwalts, der sich des Falls annahm. Bis dahin hatten alle Staatsanwälte und Staatsanwältinnen keinen Fall gesehen. Bis dahin war es den weißen Vertretern des Gerichts in Georgia ganz normal vorgekommen, dass zwei weiße Männer ihre Waffen nahmen, sich in ein Auto setzten und den schwarzen Jogger niederstreckten. Hunting down hieß das auf Englisch. Niederstrecken auf Deutsch. Immer ging es um den toten Körper, der in die Reihe der Jagdtrophäen eingereiht wurde. Hasen. Rehe.

Fasane. Betty war einmal in Heiligenkreuz auf so eine Strecke gestoßen. Nach Tierart eingeteilt waren lange Reihen von toten Tieren auf dem Boden des Hofs gelegen. Ein katholischer Priester hatte Weihwasser verspritzt. Wen hatte der gesegnet. Die toten Tiere oder die Jäger.

Dann fiel Betty der Anfang eines Romans über vier junge Männer ein, die sich in dieser Covid-19-Situation an die Spitze schwindelten. Betty überlegte. Einer müsste ein Internetfachmann sein. Ein Hacker. Einer musste sich mit Bankangelegenheiten auskennen. Einer musste praktische Gewalt ausüben können. Und ein Visionär, der das Ganze zusammenhalten konnte. Ein Künstler. Sie hatte eine vage Vorstellung von einer Wohngemeinschaft im lockdown und wie die Idee entwickelt wurde. Bei Bier und Pizza. Wie da gelacht werden konnte. Welche Spannungen entstanden. Wie der Weg von der Idee zur ersten Tat aussah. Wie der Erfolg elektrisierte. Wie der Erfolg zu Spannungen führte. Wie aus den Spannungen Erpressung entsprang. Wie diese jungen Männer einander in Schach hielten. Wie das Misstrauen regierte. Dann aber stand Betty auf. Das war langweilig. So eine Geschichte war besser ein Film. Was sollte sie heute tun? Es mussten viele kleine Fragen gelöst werden. Ein neuerlicher Antrag beim Hilfsfond der Wirtschaftskammer musste gestellt werden. Mittlerweile hatte sie alle Nummern. Es sollte einfach sein. Und musste sie die Steuer nun einzahlen? Die Miete. Sie musste vom Sparbuch kommen. Auf dem Girokonto war nichts mehr. Würde sie sich die Zusatzversicherung weiter leisten können?

Betty wusste aber schon gleich beim Aufstehen, sie würde nichts davon erledigen. Die Zukunft war immer nur auf die nächste halbe Stunde beschränkt. Weiter voraus. Sie konnte es sich nicht vorstellen. Abgefedert, dachte sie. Und war mit diesem Federn die Füllung eines Polsters gemeint oder die Stahlfedern altmodischer Sitzmöbel und Autochassis?

Beim Kaffee. Betty hatte sich auf die Bank in der Pawlatschen gesetzt. Sie wollte nur den Kaffee trinken. Essen. Ein Frühstück. Sie hatte keine Lust. Der Mund war ihr versperrt. Die Wiederholung widerlich. Diese drei Mahlzeiten. In der Isolation waren diese drei Mahlzeiten die einzigen Taktstriche geworden. Betty fühlte sich in diesen Rhythmus gezwungen. Frühstück. Mittagessen. Abendessen. Sie war Pensionärin in der von ihr geführten Pension. Sie war die Gefangene ihres verstaatlichten Gewissens und Essensverweigerung Symptom von Gewöhnungsverweigerung. Das immerhin, dachte sie. Ihre Lieblingsfeministinnen von der AEP in Innsbruck hatten zu Bandenbildung aufgerufen. «Bildet Banden.» hatten die geschrieben. Betty musste lachen. In gewisser Weise war sie mit Fiorentina und Irma so eine Bande. Und war das der Grund, warum sie diese Phantasie von der Räuberbande am Morgen gehabt hatte? Von einer zeitgemäßen Räuberbande im Internet mit privater Sicherheitsfirma. Eine Räuberbande wie Silvercorp, die Polizisten und Militärs private Karrieren versprechen konnten. Private Gehälter und privatisierte Abenteuerpolitik. Es war also auch ein Tagesrest aus den Nachrichten gewesen, der sich in ihre Überlegungen hineingeschmuggelt hatte.

Dann aber musste Betty lächeln. Frau Trileti war glücklich. Betty seufzte. Die Vorstellung, diese strahlend glückliche Person in der Nachbarwohnung zu wissen. Hinter der Wohnungstür auf der anderen Seite des Stiegenabsatzs eine selig lächelnde Person. Frau Trileti war immer freundlich gewesen. Zugewandt. Sie hatte Bettys Ersatzwohnungsschlüssel gehabt. Sie hatten einander nie besucht. Immer nur so kurze Gespräche auf dem Gang. Und dann war die Frau Trileti verschwunden gewesen. Betty hatte sich schon gefragt gehabt, was da los war. Aber sie waren beide so zurückhaltend gewesen. Frau Trileti war so oft nicht in ihrer Wohnung, dass Betty schon überlegt hatte, den Ersatzschlüssel an jemanden anderen zu übergeben. Der Herr Keller war ihr da als Möglichkeit vorgekommen. Aber nur kurz. Und dann diese Geschichte. Betty schüttelte den Kopf. Den Liebhaber auf Kreta heiraten. Einfach heiraten, weil ohnehin nichts mehr zu planen war. Nach Griechenland gehen. Und Griechenland. Von dem nur berichtet worden war, so lange es als Schuldner heruntergemacht werden konnte. Niemand hatte darüber berichtet, wie gut der Covid-19-Virus in Schach gehalten worden war. Frau Trileti hatte gelacht und gesagt, dass es natürlich eine Hilfe wäre, wenn alle auf ihren Inseln auseinandergehalten worden waren. Dass aber die Isolation Möglichkeiten habe. In der Ferienanlage der Wienerin, in der Frau Trileti viele Monate im Jahr lebte und mithalf. In dieser Ferienanlage hätten sie Flüchtende aus Syrien aufnehmen können. Jetzt einmal. Strati und sie seien sich da einig. Strati. Ja. Der wohne gleich daneben. Auf Kreta seien das dann schon ein paar Kilometer. Aber Strati und sie. Jahrelang schon. Aber jetzt. Sie hätten keine Trennung mehr riskieren wollen. Die Krise. Der strenge lockdown. Die Verbannung auf die Inseln. In die Präfekturen. Man hatte den eigenen Bezirk nicht verlassen dürfen. Da hatte sie es aufgegeben, ihr Leben von seinem fernzuhalten. Frau Trileti, die jetzt Frau Vouvou genannt werden wollte. Frau Vouvou hatte da gelacht. Hell. Glockenhell hatte sie gelacht. Das Glück um sie sichtbar. Betty hatte fast weinen müssen. Das Glücklich-Sein dieser Frau hatte die ganze Wohnung ausgefüllt. Hinreißend, dachte Betty. Das war hinreißend gewesen. Wörtlich so. Und die Einreise ganz einfach. Frau Vouvou war nach Brüssel geflogen. Von Brüssel nach Wien. Billigfluglinien. Enge

Sitze. Warum sie nach Wien wolle, war gefragt worden. Weil sie da wohne, hatte sie gesagt. Und sonst nichts. Betty hatte drei Mal gefragt. Frau Vouvou war nur gefragt worden, ob sie eine email-Adresse habe. Ja, hatte sie geantwortet, und das war es. Niemand hatte weiter nachgefragt. Keine Temperaturmessung. Keine Quarantäne. Betty dachte seither nach, wie sie sich davonmachen konnte. Irgendwohin. Aber es war ein Hazard. Immerhin. Sie hätte zu ihren Lieblingsfeministinnen nach Innsbruck fahren können. Mit dem Auto und über Mittersill. Das war beruhigend. Aber woher kam diese Abfederung, die alles so weit weg erscheinen ließ. Selbst ihre Fluchtgedanken waren so trüb und ohne Gegenwart. Und das war der Unterschied. Frau Vouvous Glück. Das war eine Gegenwart. Betty seufzte. Sie hatte keine. Und das ging nicht. Sie konnte nicht den Steinschneider heiraten, um eine Gegenwart zu bekommen. Das wäre lachhaft gewesen, und Betty musste auch lachen. Das mit dem Steinschneider. Das war nie so eine Geschichte gewesen. So eine Geschichte. Das war Schicksal, und es musste ein ganz normales Leben genauso gegenwärtig sein. Betty beschloss, zum Bäcker zu gehen und sich ein Briochekipferl zu holen. Sie musste eine Bande mit sich selbst bilden. Räuberhauptfrau Betty Andover, dachte sie. Robina Hood. Tank Girl, fiel ihr noch ein.

Episode 5.

12. Mai 2020. Wien.

«Kann man mir helfen?» Betty hatte den Kopf auf die Rückenlehne der Couch gelehnt. «Kann man mir bitte helfen?» sagte sie zur Decke hinauf. Dann fiel Betty ein, dass sie beschlossen hatte, das unpersönliche «man» nicht mehr zu verwenden. «Kann mir bitte geholfen werden?» fragte sie.

Fiorentina saß im Lesefauteuil. Es war früher Abend. Fiorentina trug ein kleines Schwarzes. Das Wickeloberteil war mit einem schwarzen Samtband abgesetzt. Fiorentina hatte hautfarbene Strümpfe an und die schwarzen Pumps mit dem kitten heels. Irma lehnte am Esstisch. Sie war in einem weißen, sehr kurzen Trapezkleid und mit bunten Sneakers. Kenzo, dachte Betty. Oder Prada? Betty seufzte. Diese Kombination ging wirklich nur mit den schlanksten Beinen, und Betty erinnerte sich, wie ihre Eltern sie in die Veranda vorgeladen und ihr geraten hatten, doch bitte den Sport aufzugeben. Ihre Beine würden zu muskulös. Weil es in dieser Besorgnis aber darum ging, dass sie, Betty, sich nicht die Chance auf eine gute Partie verderben solle, war Betty sofort wieder zum Basketballtraining gegangen. Und jetzt. Die Beine waren muskulös. «Du musst dich endlich von solchen Vorstellungen trennen. Das ist schlichtes body shaming.» sagte Irma und kam zur Couch herüber. «Bist du plötzlich mein feministisches Gewissen?» fragte Betty patzig und deutete auf den anderen Fauteuil. Da saß Edwin.

Irma seufzte. Fiorentina seufzte. Betty schaute zur Decke hinauf. Edwin schlug die Beine in der anderen Richtung übereinander und wippte mit dem Fuß. Fiorentina wollte zu sprechen beginnen. «Nein.» rief Betty. «Das kann ich jetzt nicht auch noch. Bitte!» Fiorentina holte wieder Luft. Aber Betty kam ihr zuvor. Betty setzte sich auf. «Du weißt, dass ihr einander ähnlich seid?» fragte sie Edwin. Edwin zog die Schultern hoch und verdrehte die Augen. «Kommst du wieder mit einem dieser hanebüchenen Vergleiche?» fragte Edwin gelangweilt. «Weißt du.» sagte er. «Es war auch für mich Liebe. Wenn du nicht so radikal alles hingeschmissen hättest, dann hätte diese Liebe auch noch triumphieren können.» Betty wollte aufstehen. Edwin hielt sie mit einer Handbewegung zurück. «Es kann nicht jeder deine übertriebenen Vorstellungen erfüllen. Ich habe getan, was ich konnte. Das möchte ich einmal zu Protokoll geben.»

Betty ließ sich auf die Couch zurücksinken. Sie legte den Kopf wieder auf die Rückenlehne zurück und sprach mit der Decke. «Ich will doch nur, dass dieser Trump endlich den Virus bekommt.» sagte sie flehentlich. «Ah! Das hat Edwin hierhergebracht.» staunte Irma. «Narzisstische Persönlichkeitsstörungen unterstützen einander eigentlich nicht.» stellte Fiorentina fest. Sie beugte sich vor. «Du findest diesen Trump doch sicher nicht richtig. Oder?» Edwin schüttelte den Kopf. «Wie könnt ihr auf diese Idee kommen. Ich bin. Also. Ich bin aus der SPD ausgetreten. Aber meine Sympathien sind auf der linken Seite.»

«Nein. Bitte.» seufzte Betty. «Bitte nicht wieder diese Selbstidealisierung.» sagte sie noch flehentlicher. «Du bist genauso wie Trump. Du magst keine Ausländer und tust so, als wärst du tolerant. Das ist der einzige Unterschied. Was hast du je für eine Person in Not getan?» Betty setzte sich wieder auf. «Da sind die Leute von der Trileti anders. Die setzen sich ein und machen Sachen.» «Was für Sachen?» machte Edwin sich lustig. «Die verstecken Leute bei der Fehn da auf Kreta. Und die bringen Leute über die Grenze. Und die betreuen die auch noch, wenn die deportiert worden sind und schicken Geld. Und ja. Du hast recht. Ich habe niemanden unter dieser Couch liegen, aber ich spende. Und wenn es sein müsste.» Edwin schnaufte verächtlich. «Der berühmte Tropfen auf dem heißen Stein.» sagte er.

Betty schaute Edwin an. Er sah gut aus. Aber er war eitel. Schon seine Kopfhaltung bemühte sich, die Ähnlichkeit mit diesem Schauspieler zu betonen. Betty fiel der Name nicht ein. Dieser Schauspieler war einmal bei ihren Eltern zu Besuch gewesen. Betty war die peinliche Szene vor der Toilette damals immer noch schrecklich. Es war einer dieser groben Scherze ihrer Brüder gewesen, das Clopapier zu entwenden. Wenn eine Person das nicht wusste und sich nicht eine Clopapierrolle aus dem Kasten im Vorzimmer mitnahm, dann fand sich diese Person ohne Toilettenpapier. Der alte Schauspieler hatte von den Machenschaften ihrer Brüder natürlich nichts gewusst. Betty. Sie war da 13 Jahre alt gewesen. Betty war mit drei Rollen Toilettenpapier vor der Tür zur Toilette gestanden. Aber sie hatte sich nicht getraut, dem Schauspieler zuzurufen, dass es das Toilettenpapier heraußen gäbe und dass sie es vor die Tür stelle. Sie war verlegen dagestanden. Lange. Der Schauspieler war nicht aus der Toilette herausgekommen. Lange. Die Brüder hatten sich hinter der Vorzimmertür vor Lachen gebogen. Sehr lange. Hatte der Schauspieler Schell geheißen? Jedenfalls gab es da eine Ähnlichkeit. Und vielleicht. Betty musste kichern. Vielleicht war das keine gute Assoziationslandschaft. Diese Geschichte. Oder die richtige, dachte sie dann. «Es erzählt etwas von Mangel.» stellte Fiorentina fest. Irma musste ihr Grinsen verbergen und ging ans Fenster. Dann lachten sie alle drei. Edwin war gleich nicht mehr da.

Betty seufzte. «Wie lange noch?» fragte sie. «Und ich mag diesen Virus noch weniger. Wenn der den Trump nicht angeht. Dann finde ich das sooo ungerecht. Aber es scheint ja doch gleichgültig zu sein. Dieser Johnson in England. Da geht es ja nur schief. Der hat nichts gelernt mit seiner schweren Erkrankung. Ich meine. Das Kind nach den behandelnden Ärzten nennen, aber das Land im Chaos versinken lassen. Das ist doch nicht akzeptabel. Und habt ihr bemerkt. Der Edwin. Der hat doch wirklich solche Worte wie triumphal und berühmt einflechten müssen. Das hat der immer getan. Das hätte mir früher auffallen müssen.» «Das ist seine Art des Selbstlobs.» kicherte Irma. «Er ist ja wenigstens nicht so offenkundig dumm in seiner Selbstbezogenheit wie Donald Trump.» fügte Fiorentina hinzu. Betty schüttelte den Kopf. «Nein. Das nicht.» sagte sie. «Er hat eine Analyse gemacht.» Betty hielt inne. «Hat er gesagt.» lachte sie. «Und das ist seine Art des Selbstlobs. Der Trump behauptet, Millionen Dollar zu haben und der Edwin behauptet, eine Analyse gemacht zu haben. Ich bin heute sicher, dass das nicht stimmt. Es ist schwierig, sich daran zu gewöhnen, dass eine Person mit jedem Satz lügt.» «In dieser Schwierigkeit ist die ganze USA.» überlegte Irma. «Kinder.» sagte Betty. «Das hätte ich mir nicht gedacht, einmal so froh zu sein, nicht dorthin gegangen zu sein.» Fiorentina und Irma nickten. Fiorentina seufzte. Irma seufzte. Bildet Banden, fiel Betty wieder ein. Sie grinste Fiorentina und Irma an. Das hatten sie gemacht. Sie drei. Fiorentina, Irma und sie. Sie drei. Das war ihre Bande. Jetzt einmal.

Episode 6.

13. Mai 2020. Wien.

Plötzlich war das Berufliche wieder da. Zuerst war es die Frau Trileti gewesen und die Erinnerung an die Fehn und ihre Tochter, die nach Kreta geheiratet hatte. Frau Trileti hatte die Adresse von Sidi Fehns Ferienanlage von Betty. Betty hatte die Fehn gut gekannt. Im steten Nachdenken über das Sterben während der Quarantäne war ihr der rätselhafte Tod dieser Kollegin immer wieder eingefallen. Und die Frage, was aus dieser kleinen Nelia, der Tochter von der Fehn, geworden war. Sie musste die Frau Trileti fragen. Nein. Die hieß jetzt Frau Vouvou, und dann musste Betty lächeln. Wie das Glück diese Frau strahlen machte. Betty schüttelte den Kopf. Nein. Sie wollte so ein Glück nicht. Nicht jetzt gerade. So ein Glück. So ein strahlendes, alles ins hellste Licht tauchende Glück. Das war genauso schwierig wie ein Unglück und veränderte auch alles. Nein. Betty ging gleich in die Küche. Sie wollte mit niemandem darüber diskutieren.

Schwieriger war die Sache mit dem Interview. Betty hatte das Interview zurückgezogen. Es war eine blöde Herumtratscherei geworden und vollkommen uninteressant. Warum sollte jemand über ihre Situation etwas lesen, wenn sie doch diesen Covid-19-Roman vorlegte? Als die Fotografin sie dann böse angezischt hatte. Sie, Betty Andover. Sie hätte es sich rechtzeitig überlegen sollen, ob sie sich auf ein Bild einlassen wolle. Oder nicht. Betty war dagestanden. Das Burgtheater vor sich. Den Eingang zum Volksgarten hinter sich. Die Fotografin war vor ihr gestanden. Und es war falsch, was die sagte. Das wusste Betty. Eine ließ sich nicht auf ein Bild ein. Eine musste sich auf die Person einlassen, die das Bild machte. Da musste Betty nur an ihre Fotos denken. Jeder Fotograf und jede Fotografin hatte etwas anderes aus ihr gemacht. Was würde diese plötzlich wütende Person mit ihrem Bild machen? Betty hatte die Frau angeschaut. Dann das Burgtheater. «Sie hätten nur freundlich sein müssen.» hatte sie zu der Fotografin gesagt und war gegangen. Wenn sie an den Gang am Burgtheater vorbei zum Café Landtmann hin dachte, dann fiel ihr «hinter sich lassen» ein. Und das war es. Es war eine ganze Welt, die sie zurückgelassen hatte. Sie hatte die Öffentlichkeit hinter sich gelassen. Das war die letzte Eitelkeit gewesen. Öffentlichkeit. Anerkennung.

Nach der Isolation. Es war seltsam, gleich so heftig mit Personen zusammenzustoßen. So gereizt. So aufgeladen. Betty hatte sich auf das Interview gefreut gehabt. Sie hatte gedacht, sie würden über das Schreiben reden. Über den Roman als Form. Über Wahrnehmung und Sprache. Die Journalistin hatte sie gefragt, ob sie Kinder habe. Und ob sie auch sicher sei, dass eine Revolution ausbrechen würde? Aufgrund der Regierungsmaßnahmen zum Coronavirus.?

Betty war erstaunt gewesen. Eine Revolution? Die Revolution war doch, dass alle vernünftig gehandelt hatten. Und war das nicht die Autonomie aller, die in einer Demokratie vorausgesetzt werden musste? Nun. Die Journalistin kam von einer konservativen Zeitung. Aber hegte man da die guten, alten und reaktionären Revolutionsängste, die Österreich seit dem 16. Jahrhundert in die Ketten der Zensur gelegt hatten? Saßen die in den Redaktionssitzungen und schrieben in ihrer Angst die Revolution herbei? Sprachen die da den Bürgerinnen und Bürgern die Vernunft ab? Schrieben die Einsicht in die Notwendigkeit der Maßnahmen als Gehorsam ab? Schlossen von dem herbeigeschriebenen Gehorsam auf Angst bei den Gehorsamen? Leiteten von der herbeigeschriebenen Angst die Befürchtung von Chaos und Revolution ab? Und schon! Es konnten polizeiliche Maßnahmen gegen diese herbeigeschriebene Sorge vor der Revolution gesetzt werden. Und am Ende, dachte Betty bitter. Am Ende ist so ein Polzeigesetz auch etwas Herbeigeschriebenes. Es muss dann nur gelebt werden und wird als einzige Realität in der Kette dieser Herbeischreibereien wirksam.

War das Hüttenkoller gewesen? Die Journalistin und die Fotografin? Posthüttenkoller? War ihre genervte Reaktion nicht auch so ein Posthüttenkoller? Sie hätte das Interview auch durchgehen lassen können, und ein schreckliches Foto mehr in der Bildergalerie im Internet wäre auch gleichgültig. Aber diesen Gleichmut. So einen Gleichmut. So ein Desinteresse. Das hatte sie nicht.

Betty suchte nach ihrer Maske und machte sich auf den Weg. Sie musste Essen besorgen. Sie hatte alle Vorräte aufgebraucht. Das war ein gutes Gefühl. Kein Rest. Kein Überbleibsel. Kein Bröselchen. Betty hatte die Regale und Laden ausgewischt. Sie hatte sich vorgenommen, nichts an Lebensmitteln je wieder zu verschwenden. Sie hatte einen langen Einkaufszettel geschrieben. Vorräte. Frisches. Nie wieder sollte eine ungeöffnete Packung im Müll landen. Betty holte den Autoschlüssel vom Haken. Für den Großeinkauf musste sie zu einem Supermarkt fahren. Betty nahm die Einkaufstaschen unter den Arm. Die Vorstellung, die Einkäufe in den Regale und Laden zu verstauen. Das war ein Anfang. Und im Supermarkt. Es trugen alle Masken. Die Launen von Personen waren verborgen so. Verborgener. Dieses Interview, dachte Betty. Das waren Auseinandersetzungen von vor der Corona-Krise gewesen. Sie. Sie war eine andere geworden. Sie wollte genau bleiben. So genau und streng wie sie in den langen Tagen mit sich selbst sein hatte müssen. Es gab keinen Grund vor diese Standards zurückzugehen. Die Krise war ein Prisma, und alle Farben anders gebrochen. Aber. Die Krise war eine Wahrheit gewesen und keine Prüfung.

Episode 7.

17. Mai 2020. Wien.

Am Samstag. Es lag nur noch eine Rolle Toilettenpapier im Kasten. Betty konnte es nicht mehr hinauszögern. Sie hatte verschoben und verschoben, den längst nötigen Großeinkauf zu machen. Sie starrte auf die Rolle Toilettenpapier in der Ecke des Fachs. Betty musste sich aus diesem Starren herausreissen. Es wird kein Toilettenpapier nachwachsen, meine Liebe, sagte sie zu sich selbst. Seufzend suchte sie alles zusammen. Einkaufstaschen. Geld. Bankkarten. Sie setzte sich an den Küchentisch, den Einkaufszettel zu schreiben. Dann setzte sie sich in den Lesefauteuil und starrte dort auf den Notizblock. Was brauchte sie denn alles? Alles, war die Antwort. Sie war mit allem am Ende. Shampoo. Waschgel. Handseife. Rasierklingen. Kaffee. Mehl. Bulgur. Nudeln. Mottenschutz. Ameisenfallen. Unter dem Fenster in der Pawlatschen wanderten winzige Ameisen zum Boden hinunter und verschwanden dort in einem Riss im Holz. Hieß das nicht Ameisenfrühstück, was sie kaufen musste.

Ameisenfrühstück. Das klang widerlich. Betty blieb gleich noch länger sitzen. Frühstück. Das war ein schönes Wort. Es versprach einen vollen Mund. Das «St» und das «Ü» waren selbst schon wie ein Buffet. Buffets würde es nun lange nicht mehr geben. Und warum zögerte sie schon wieder. Betty musste sehr tief seufzen und mit dem Ausstoßen des Seufzers aus dem Lesefauteuil aufspringen. Sie ging. Sie schleppte sich. Sie stand schon am Lift und wartete. Sie hatte etwas vergessen. Aber was. Es war ein ungenaues Unbehagen, das sie zur Wohnungstür zurückgehen ließ. Sie sperrte die Wohnungstür auf. Stand in ihrem Vorzimmer. Verwirrt. Sie war verwirrt. Sie wusste gar nicht genau, wo sie war. Nebelig war das. Rund um sie nebelig. Zuerst sah sie den Einkaufszettel. Das war es also gewesen, dachte sie. Oder hatte sie es laut gesagt. Und dann die Maske. Sie hatte keine Maske eingesteckt gehabt. Sie musste sich einen Augenblick hinsetzen. Das wäre lustig gewesen, wenn sie nicht in den Supermarkt hineingehen hätte können, weil sie diese Maske nicht mitgebracht hatte. Es war längst nicht mehr damit zu rechnen, dass Masken an den Eingängen der Supermärkte angeboten wurden. Es wurden auch die Griffe der Einkaufswagen nicht mehr desinfiziert. Es war alles den Kunden zugeschoben. Aber es half nichts. Betty musste einkaufen.

Betty fuhr weit hinaus. Sie fuhr in das Industriegebiet an der Donau in Klosterneuburg. Zum Merkur da. Da gab es immer genug Parkplätze. Und Betty fühlte sich dort genügend anonym. Sie verstand es selber nicht, warum sie sich in dieser Anonymität verstecken wollte, wenn sie doch ohnehin hinter ihrer Maske verborgen war. Betty begriff sich nicht mehr. Sie konnte sich nur selber nachgeben und machen, was sich ihr befahl. Irgendwo weiter draußen. Es drohte ein Zusammenbruch. Nein. Kein Bruch. Eine Art Zusammenfalten schien möglich. Betty konnte sich selbst als Origamipapier sehen und wie dieses Zusammenfalten sie zu einem kleinen Fetzchen Papier auf dem Boden machte. Dem Wind ausgeliefert und davongeweht. Von schweren Schritten niedergetreten und in den Boden gedrückt. Das war das Gefühl, das sich ausbreitete, wenn sie die Nachrichten las. New York Times. Guardian. La Repubblica. Der Spiegel. Die Süddeutsche. Totenzahlen. Trump-Wahnsinn. Die Welt geeinigt in die Tragödie der Pandemie. Aber nicht einig. Alles aufgerissen. Alles in Frage. Keine Sicherheit. Nicht einmal in den eigenen vier Wänden, die Betty aber dann auch nicht mehr verlassen hatte wollen.

Das Einkaufen ging dann schnell. An den Kassen waren keine Schlangen. Betty hatte den Einkaufswagen mit Toilettenpapier gefüllt. Küchenrolle. Tissues. Taschentücher. Vorrat für lange Zeit, hoffte sie. Der Mann an der Kassa. War das mit den Jobs so schlimm, dass jetzt die Männer sich an die Supermarktkassen setzten. Aber wahrscheinlich waren alle Frauen, die das sonst machten, mit dem homeschooling und der Aufsicht der Kinder beschäftigt. «Und die Burschen besetzen das dann gleich wieder.» Betty hatte das vor sich hingemurmelt. Der Mann an der Kasse schaute sie fragend an. Er hatte eine schwarze Maske vor Mund und Nase. Das sah nach Werbung für einen Gewaltporno aus. Betty sagte nichts. Sie räumte ihre Einkäufe in den Wagen zurück und hielt ihre Karte an die Maschine. Es war ja klar, dass es so kommen musste. Die Frauen würden in dieser Krise noch mehr von dem verlieren, von dem sie ohnehin nichts gehabt hatten. Aber der Gedanke erreichte Betty nicht. Sie war schon zu müde, irgendeine Regung dazu aufbringen zu können.

Im Auto. Betty fuhr gerade an. Sie hatte Labello kaufen wollen. Sie hatte den Auftrag, Labello nach London zu schicken. In London gab es kein Labello, und ihre Nichte wollte nur Labello verwenden. Aber Betty blieb nicht stehen. Stieg nicht aus. Ging nicht zurück. Montag. Sie musste das am Montag besorgen. Betty fuhr dann aber nicht nach Wien zurück. Sie fuhr nach Weidling. Betty fuhr dahin als wären es die Straßen, die entschieden. Die Straße nach Weidling hatte sich ihr entgegengeschoben. Dann Weidlingbach. Die Sophienhöhe. Betty saß und schaltete und lenkte. Sie funktionierte. Perfekt so. Das konnte sie aus der Verzweiflung heraus sehen. Sich selbst beobachten in ihrer perfekten Teilnahme am Straßenverkehr. Die Verzweiflung. Es war eine sanfte Lähmung. Weinerlich. Betty hätte über jeden Gedanken zu weinen beginnen können. Über jedes Bild, das ihr ins Gedächtnis kam. Das Neugeborene, dem die Schusswunden versorgt werden mussten. Dessen Mutter von einem Gunman in Kabul erschossen worden war. Mit vielen anderen Müttern und Neugeborenen. Der Mann war in die Geburtsstation gegangen und hatte herumgeschossen. Frauen und Kinder während der Geburt erschossen. Im Augenblick des Gebärens und Geborenwerdens. Und warum hatte Trump den Virus nicht.

Die Verzweiflung war warm und drückte nur in den Autositz. Aber sie hätte nicht aussteigen können. War sie nun in diesen Autositz verdammt? Musste sie in diesem Autositz hocken bleiben? Betty fuhr. Sie überlegte, umzudrehen und über Tulbing ins Tullnerfeld zu fahren. Es gab da Ausblicke über die Ebene in den Westen hin. Manchmal halfen solche Ausblicke. Dann war das nicht möglich. Betty hätte abbiegen müssen. Das Umdrehen. Das wäre ein Manöver gewesen. Das hätte das Dahinfahren unterbrochen. Betty saß im Auto. Die Verzweiflung eine warme Unruhe im Bauch. Die Verzweiflung über die Verzweiflung nur im Kopf. Der Körper weich und willfährig. Was sollte sie tun. Beim Hinunterfahren. Gleich nach der Sophienalpe. In den Serpentinenkurven da. Das Lenkrad nicht drehen. Weiterfahren. Hinunter. Fallen. Stürzen. Betty hatte tonlose Filmbilder im Kopf. Sah sich Hänge hinunter überschlagende Autos. Ohne Geräusche. Nur das Überschlagen. Das Drehen in der Luft. Das erste Aufschlagen und wieder in die Luft geschleudert. Es gab aber nur eine einzige Stelle, an der das möglich gewesen wäre. Sonst waren die Kurven und Hänge von Bäumen verstellt. Und dann war sie an dieser Stelle schon vorbei. Aber was sollte sie tun. Betty hatte keine Vorstellung, wie die nächste Minute verbracht werden konnte. Oder sollte.

Betty war dann schon fast in Neustift. Sie brauchte ein Schnitzel. Sie brauchte die Schnitzeltherapie. Kindheitsessen. Kindheitsberuhigung. Sie brauchte die gesamte Aufgehobenheit, die so ein Schnitzel für sie war. Die Sonntagsessen. Der Sonntagstisch. Alle versammelt. Ein bißchen feierlich. Die Kinder bekamen ihre Nahrung. Wurden ernährt. Waren sicher darin. Nachdrücklich war das im feierlichen Essen nachgewiesen worden. Und gleich wieder diese Rührung. Das hatten ihre Eltern ihr mitgegeben. Sie sollte wachsen. Groß werden. Gesund sein. Groß und stark sollte sie sein. Und jetzt. Sie saß in einen Autositz verdammt, und niemand trug Sorge für sie. Kurz alles Selbstmitleid. Aber wollte sie sich so besiegen lassen. Von den Umständen. Nein. Sie war groß und stark geworden. Sie musste nicht versorgt werden. Betty musste lächeln. Sie musste sich das Schnitzel eben selbst besorgen.

Betty fuhr über den Gürtel zum Volkstheater. Betty fuhr ins Gasthaus Lechner. Zur Frau Lechner und ihrem Sohn. Betty parkte. Das giftgrüne Licht über dem Eingang war an. Das Gasthaus Lechner war wieder offen. Der zweite Tag der offenen Restaurants. Betty fischte ihre Maske aus der Tasche. «Bekomme ich hier etwas zu essen?» fragte sie die Frau Lechner. Die hatte ihre Haare noch heller purpurn gefärbt als vor der Coronakrise. Betty musste lachen. «Ja.» rief die Frau Lechner, und ihr Sohn grinste. «Es gibt wieder etwas zu essen bei uns. Roman! Die Frau Andover ist wieder da.» sagte sie zu ihrem Sohn. Der zuckte mit den Achseln. «Das seh ich.» murmelte er. Sie standen voreinander, und Betty hätte diese Frau gerne umarmt. Aber es gab nur das Anlächeln als Ausdruck der Freude. Betty lachte während sie bestellte. «Gebackener Schweinslungenbraten und Erdäpfelsalat und eine Portion Reis.» Das war das Kinderessen gewesen.

Betty saß ohne Maske da. Sie schaute zu, wie die Frau Lechner das Plastiktischtuch und die Holzbank desinfizierte, von der Gäste gerade aufgestanden waren. «Wie lang das Holz das aushalten soll, weiß ich nicht.» sagte die Frau Lechner hinter ihrem Plexiglasschutz. Sie hätten kein Geld bekommen, aus der Coronahilfe, sagte sie dann. Keinen Groschen, und sie lachten beide über die Groschen. Ach, der Schilling. Was das für Zeiten gewesen wären. Und die Leute. Frau Lechner zog die Schultern hoch. «Die Leute sind schrecklich.» sagte sie. «Und was die gleich glauben. Wir. Gell. Wir haben kein so ein braunes Halsband um.» sagte sie verschwörerisch. «Aber wir schaffen das.» rief sie dann. «Und wenn Sie ein Salz brauchen, dann sagen sie es mir zuerst. Ich muss das Salzfasserl desinfizieren, wenn sie es in die Hand genommen haben. Wissen Sie. Und auch die Zeitung. Ich geb sie Ihnen gern. Aber ich muss sie dann wegschmeißen oder desinfizieren.»

Betty saß in der schattigen Gaststube. Hinter den bunten Fensterscheiben die Sonne draußen. Im Hinterzimmer eine Familie. Sonst niemand da. In der Schank wurde geredet. Gehen. Wasser. Gläser. Schankgeräusche. Betty war wieder gesund. Fühlte sich ganz. Was war das. Eine Heimkehr. Eine Rückkehr. Nein. Der Ort war es nicht. Daß jemand sie mit Namen angesprochen hatte. Sie erkannt hatte. «Aber wir schaffen das.» Das war es, und Betty wusste einen Augenblick ganz genau, was gemeint gewesen war, wenn in der New York Times ein Leitartikel gelautet hatte «Loneliness can kill».

Episode 8.

18. Mai 2020. Wien.

«Eisenmangel.» sagte Fiorentina. Sie hatte sich auf die Couch setzen müssen. Betty saß im Türkensitz auf ihrem Lesefauteuil. Sie hielt ihren Lesefauteuil besetzt. Fiorentina trug ein khakifarbenes Reisekostüm und dunkelbraune Halbschuhe. Es fehlte nur das Hütchen, und Fiorentina hätte wie Soraya auf den Fotos ausgesehen, auf denen sie mit dem Schah zusammen in Sicherheit gebracht worden war. Der Schah war in Uniform. Sein Kampfanzug war dunkleres Khaki und nur am Kragen Distinktionen. Soraya schien verschämt amüsiert den Anweisungen der Soldaten zu folgen. Betty hatte sich immer gefragt, wie es kommen hatte können, dass diese Frau ein so elegantes Reisekostüm angehabt hatte. Die Jacke des Kostüms hatte viele kleine Taschen, und auf dem schmal geschnittenen Rock waren Taschen aufgenäht gewesen. Der Umsturzversuch gegen die Schahregierung war in der Nacht begonnen worden. Betty hätte vermutet, dass alle aus dem Schlaf gerissen worden waren und in Nachthemd und Morgenmantel flüchten hatten müssen. Auf den Fotos. Soraya war auch perfekt frisiert. Wie Fiorentina immer. Die vernünftigen Schuhe waren die einzige Konzession an die Situation gewesen. Die Kampfanzüge und Waffen der Männer rund um Soraya. Es hätte eine Filmszene sein können, wenn der Lauf der Geschichte eine solche Flucht nicht Jahrzehnte später am Ende doch notwendig gemacht hätte. Da war dann aber die fruchtbare Frau die Begleiterin. Die Tragödie der Soraya als die Frau, die keine Kinder gebären konnte. Diese Tragödie hatte die Illustrierten der 60er und 70er Jahre gefüllt. «Die Rolle der Illustrierten in der Konstruktion von Weiblichkeit darf nicht einen Millimeter unterschätzt werden.» sagte Betty und legte ihre Beine über die rechte Armlehne des Lesefauteuils.

Fiorentina zog ihre Augenbrauen hoch. Irma hatte gleich verstanden und nickte. «Es ist schon grandios.» sagte sie. «Es wird die Angst jeder Frau, als Frau nicht funktionieren zu können, an diesem Beispiel ins Unendliche vergrößert.» «Und jede Frau glaubt dann, diese Angst gebannt zu haben. Es ist ja die Soraya, die unfruchtbar ist. Diese schöne Frau. Eine sooo schöne Frau. Und jede Frau kann sich ihr überlegen fühlen.» fügte Betty hinzu. «Und jede kriegt gleich noch ein Kind.» lächelte Fiorentina überlegen. «Jedenfalls denkt keine mehr nach.» grummelte Betty. «Wie kommen wir eigentlich von Eisenmangel auf die Soraya?» fragte Fiorentina. Irma stand auf und ging ans Fenster. «Das ist wegen deines Khakikostüms.» sagte sie. «Das schaut so aus wie das von der Soraya in den 50er Jahren.» «Es könnte auch aus ‹Out of Africa› stammen. Dieses Kostüm. Das könnte eine reiche Frau seit den 20er Jahren des 20. Jahrhunderts bis heute tragen. Ist das nicht erstaunlich? Eine solche Zeitlosigkeit?» Irma schüttelte verwundert den Kopf.

Irma trug ein weißes Hängekleidchen und silberne Ballerinas. Irma war für den heißen Sommertag gerüstet. Fiorentinas Kostüm passte mehr für den kühlen Morgen. Betty war im Morgenmantel. Betty musste nicht aus dem Haus. Sie hatte ja eingekauft. Es gab keinen Grund hinauszugehen. Betty lehnte sich zurück. Sie wollte diese Fensterscheiben zwischen sich und der Welt haben. Sie schaute durch die Wohnzimmerfenster auf die Bäume hinaus. Sie wollte in diesem erzwungenen Stillstand nicht gestört werden. Sie konnte sich keine Aktion vorstellen. Das Foto von Soraya im Reisekostüm mit dem Schah und den Soldaten. Es kam keine Reaktion auf. Kein Nachempfinden der Situation. Kein Versuch, sich die Situation vorzustellen. Das war normal gewesen. Mitleben. Nachleben der Bilder. Der Situationen. Sich hineinversetzen. In die Bilder gezogen werden. Stellung nehmen. Partei ergreifen. Jetzt. Es blieb alles in den Bildern, und sie weit entfernt von den Bildern. Teilnahmslos. Sie war teilnahmslos geworden. Teilnahmslos gemacht. Regungslos sah sie auf die Welt hinaus, und sie hätte weinen wollen. Aber sie war sich selbst gegenüber genauso entfernt, und keine Träne zu Verfügung. Ihre Tränen interniert. Sie dachte, ihre Tränen waren gefangengenommen. Ihre Tränen waren Geiseln dieser Regierung geworden. Geiseln dieser Maßnahmen. Kurz wallte Angst auf. Panik. Dann ließ Betty sich gegen die Rückenlehne zurückfallen. «Du meinst, diese Krise am Samstag war nur von Eisenmangel ausgelöst?» fragte sie Fiorentina.

Irma winkte ab. «So einfach läßt sich das nicht feststellen.» sagte sie. Sie verschränkte ihre Arme. «Ich jedenfalls könnte das nicht so sagen. Solche Krisen. Die sind vielleicht ausgelöst von einem solchen Mangel. Aber wie die Krise dann aussieht. Das ist schon die Person selber.» Irma schaute fragend zu Fiorentina hinüber. Fiorentina seufzte. «Ich finde halt den Eisenmangel wichtiger.» meinte sie. «Du meinst also, dass wir nur die richtigen Spurenelemente bekommen müssen, und dann sind wir glücklich?» fragte Betty. «Das Leben der Pantoffeltierchen ist das.» stellte sie fest.

Das Klappern des Briefschlitzs an der Wohnungstür unterbrach sie. Die drei Frauen hielten inne. Es raschelte. Etwas schlug auf. Betty beugte sich vor. Jemand hatte einen Brief eingeworfen. Das musste jemand aus dem Haus sein. Die Briefe per Post wurden im Gang zum Haustor in die Brieffächer deponiert. Betty schaute Fiorentina und Irma fragend an. Irma grinste gleich. Betty vermutete, Irma dachte an ein Briefchen vom

Fritz Keller. Fiorentina lächelte süffisant. Fiorentina wünschte sich eine Nachricht vom Ehepaar vom Stock über Bettys Wohnung. Fiorentina hätte alles über dieses Ehepaar wissen wollen. Fiorentina war unzufrieden mit Bettys Desinteresse. Aber was hätten diese Personen Betty schreiben sollen. Wir sind wieder zurück in unserem sadistischen Universum und froh darüber. Wir sind dorthin zurückgekehrt, wo diese Krise begonnen hat. Wir haben es geschafft, uns unsere alte Normalität zurückzuerobern. Ätsch! Ihr alle nicht.

Nein. Es war wahrscheinlich Werbung. Eine von diesen gehetzten Ausländerpersonen hatte es geschafft, ins Haus zu gelangen und war die Stiegen hinaufgehastet und hatte in jeden Briefschlitz an jeder Wohnungstür eine Werbebroschüre vom Hofer oder Lidl gesteckt. Damit alle wissen mussten, dass man bei Hofer oder Lidl oder Merkur oder Spar oder Billa einkaufen konnte. In den Nachrichten war beklagt worden, dass der Konsum nicht den Erwartungen entsprochen hatte. Dass zögerlich eingekauft wurde. Der Konsum musste angekurbelt werden, hatte der Mann von der Wirtschaftskammer gesagt. «Vielleicht ist das die Kurbel.» meinte Betty, und Fiorentina lachte. «Blöde Sache.» meinte sie. «Einen Konsum ankurbeln. Wo setzt eine da die Kurbel an?»

Betty ging dann nachschauen. Es war ein Briefchen. Ihr Name handgeschrieben. Betty trug das Briefchen ins Wohnzimmer. Hatte der Fritz Keller ihr dieses Briefchen geschrieben? Schau einmal an, dachte Betty.

Der Brief war von der Frau Trileti, die jetzt Frau Vouvou hieß. «Liebe Frau Andover.» stand da. «In meiner Wohnung wird in den nächsten Wochen ein lieber Freund aus Aachen wohnen, der mit seiner Familie schon vor 20 Jahren aus Syrien geflüchtet war. Seien Sie doch so freundlich und zeigen Sie ihm Wien. Wir hatten ein so herzliches Gespräch miteinander, dass ich mich berechtigt fühle, diesen kleinen Dienst von Ihnen zu verlangen. Ich melde mich, sobald ich wieder nach Wien kommen werde. Ich fahre mit dem Auto nach Griechenland zu meinem Mann. Halten Sie mir die Daumen, dass ich durchkomme. Sehr herzlich Ihre Valerie Vouvou. P.S.» war noch dagestanden. «Der Name unseres Freunds ist Elvedin. Das heißt Geschenk Gottes.»

Betty las den Brief laut vor. Sie freute sich über die Vertraulichkeit der Valerie Vouvou.

Episode 9.

20. Mai 2020. Wien.

«Brüchige Nägel.» sagte Fiorentina. Heute hatte sie ein dunkelblaues Kostümchen an. Der Kragen so weit weg vom Hals. Ein Rahmen für das Gesicht. Sehr gut sah das aus. Krägen. Die waren der Billigherstellung zum Opfer gefallen. Das Jäckchen des Kostüms kurz. Jackie Kennedy. Es fehlte nur das Pillbox-Hütchen. Die Schuhe waren wieder einmal mit Kitten Heels in Apfelgrün. Das war kühn. Jackie Kennedy hatte sicherlich dunkelblaue Pumps angehabt. Samtiges Rauhleder. Die Frau sollte weich wirken. Sanft. Samtig und doch sexy. Da war so ein Sämischlederschühchen wie ein Hauspantoffelchen in der Öffentlichkeit. Der Mann, der die Hauspantoffelchen aus dem Schlafzimmer kannte. Dieser Mann war vor allen anderen Männern der Kenner dieser samtig sexy Hauspantoffelchen. Das war ein Teil der Macht eines solchen Manns. Das Paradieren von Hauspantoffelchen oder Reisekostümen inmitten der versammelten anderen Männer. Bei den Kennedys waren es dann die Sicherheitsbeamten gewesen, die dieses Paar umstanden hatten. Der Neid auf die Hauspantoffelchenvorführung. Ihren Teil zum Neid auf ihren Mann hatte Jackie Kennedy beigetragen. Melania machte das nicht. Obwohl. Es gab sicher auch Männer, die Trump um Melania beneideten.

«Ich habe es satt, nur von diesem Trump zu lesen.» maulte Betty. Sie ging im Wohnzimmer auf und ab. Trug den zweiten Morgenkaffee spazieren. «Kann man diesen Mann nicht einfach verlassen?» fragte sie. «Das ganze ist doch sowieso eine private Geschichte geworden. Das liberale ‹Beste für Alle.› Das ist doch in diesem Glaubenskrieg zwischen den Populisten und den Gebildeten verloren gegangen. Man müsste. Und frau müsste. Wir müssten nur diesen Trump verlassen.» Betty blieb stehen. Sie schaute sich um. Sie drehte sich schnell um sich. «Du erwartest, dass dein Edwin auf so einen Satz reagiert?» fragte Irma. Irma war nicht ganz in Weiß. Sie trug sehr enge dunkelblaue Jeans und ein reinweißes T-Shirt mit aufgerollten kurzen Ärmeln. Jennifer Aniston, dachte Betty. Auch schon nostalgisch. Laut sagte sie, «Ja. Die Befürchtung habe ich. Und Fiorentina. Ich habe kein Problem mit diesem Anfall von Fleischhunger. Ich habe überhaupt kein Problem mit mir. Ich habe nur Probleme mit der Außenwelt. Ich bin phobisch geworden. Das heißt natürlich, ich bin phobisch gemacht worden. Und das meine ich doch. Schauergeschichten. Nichts als Schauergeschichten. Die Wissenschaft präsentiert sich uns als eine einzige gothic story. «Das Schloss von Otranto.» Und wir sitzen unter dem Helm gefangen und finden nicht einmal den unterirdischen Gang, der aus dem Schloss hinausführt.» «Findet die Heldin da nicht dann den Helden?» Fiorentina lächelte anzüglich. Betty schüttelte den Kopf. «Wenn wir schon in Nostalgie schwelgen, dann darf ich ganz altmodisch sagen, dass ihr männernarrisch seid. Das kann doch nicht euer Ernst sein!» rief Betty verzweifelt.

Betty hatte nicht schlafen können und hatte sich an den Computer gesetzt. Da hatte sie alles darüber lesen müssen, was dazu gesagt worden war und gesagt wurde, dass Präsident Trump dieses Hydroxychloroquine einnahm. Dass er dieses Malariamedikament schon seit 14 Tagen eingenommen habe. Dass vor diesem Medikament gewarnt wurde. Dass andere wieder dieses Medikament gefördert sehen hatten wollen. Dass Trump Mitbesitzer an der Herstellungsfirma war. Dass mit der Einnahme des Medikaments Geld zu verdienen war. Dass Trump aber nach seinem Bodymass-Index klinisch obese einzustufen wäre und er deshalb in eine Risikogruppe fiele und das Medikament nicht nehmen sollte. Dass Trump aufgrund seines Bodymass-Indexs ohnehin schon in die Coronavirus Risikogruppe zu zählen sei. Betty war wieder ins Bett gegangen und hatte gehofft, einer dieser Faktoren würde seine Arbeit erledigen. Und nein. Betty war keine gute Person. Sie hatte zu lange diesen Pressekonferenzen im Rosegarden des Weißen Hauses zugesehen. Sie hatte zu oft zuschauen müssen, wie dieser Mann Journalistinnen gedemütigt hatte. Sie hatte keine Geduld für diese Situation mehr. Sie wünschte sich diesen Mann weg. Mit diesem Mann wollte sie sich nicht mehr auseinandersetzen müssen. Diesen Mann hätte sie vergessen wollen. Wie jeden anderen Mann, der sich als unwürdig erwiesen hatte.

«Aber du hast brüchige Fingernägel.» wiederholte Fiorentina. Betty nickte. «Schon immer.» sagte sie. «Meine Mutter hatte das genauso. Und die ist uralt geworden.» Betty hielt inne. Sie trank vom Kaffee. Stand in der Mitte des Wohnzimmers. Gleich neben der Gymnastikmatte. Die lag immer noch da, obwohl Betty längst keine Gymnastik mehr machte.

Betty hatte Realitätsstörungen. Ganz plötzlich konnte es so sein, dass sie von einem Augenblick auf den anderen nichts hörte. Der Ton der Welt. Die ganz normalen Geräusche. Sie rissen ab. Das war aber kein glatter Riss. Die einzelnen Töne endeten nicht ganz zur selben Zeit. Es war ein lautes Schnarren. Ein Kreischen. Vor der Stille. Diese Stille. Die war vollkommen. Kurz. Dann setzte das Hören wieder ein. Schockreaktion, sagte Betty sich. Verlangsamte Schockreaktion. Nichts, sich Sorgen zu machen.

Im Wohnzimmer. Fiorentina und Irma starrten sie an. Betty saß auf der Couch. Sie lachte. «Du weißt jetzt nicht, wie du auf die Couch gekommen bist.» stellte Irma fest. Irma sagte das sanft. Beruhigend. «Das sind alles Symptome, die nur beweisen, dass du normal bist. Richtig. Dass du richtig reagierst. In dieser beängstigenden Situation reagierst du mit Fluchtreaktionen. Das ist toll. Du solltest zufrieden mit dir sein.» Fiorentina sprach, als läse sie einen wissenschaftlichen Report vor. Betty seufzte. «Wenn die Wissenschaft die Romane schreibt, bringt das auch keine Freiheit.» murrte sie.

«Aber was viel wichtiger ist.» sagte Irma. «Was wirst du mit diesem Elvedin machen?» «Wie wirst du ihm Wien zeigen? Unter diesen Umständen?» fragte Fiorentina. «Ich habe keine Ahnung.» sagte Betty. «Die Geschenke Gottes, die ich bisher getroffen habe, die waren nicht so vielversprechend.» Und dann sah Betty sich wieder in der Sorge um, ob dieser Edwin sich abermals angesprochen fühlte und sich zu ihr auf die Couch gesetzt hatte. «Geschenke Gottes!» murmelte sie. «Ich frage euch.» sagte sie laut. «Sollten jetzt nicht alle Freier eine Abgabe zahlen, damit die Prostituierten, die im social distancing gefangen sind. Damit diese Frauen die Krise überdauern können. Das wäre doch das mindeste?» Fiorentina und Irma nickten zustimmend.

SEASON 3.

Episode 1.

26. Mai 2020. Wien.

«Das bin ich. Das bin ich. Das bin ich.» Betty lief die Stiegen hinunter. Sie rief sich diesen Satz selber zu. Nicht laut. Aber jemand anderer auf der Stiege hätte wahrnehmen können, dass sie mit sich selber sprach. Betty lachte.

Auf der Straße. Betty lächelte alle Personen an, die eine Maske auch auf der Straße trugen. Sie verstand diese Personen. Die schützten sich. Die trennten sich ab. Aber das war eine Veröffentlichung. Ein Geständnis war das. In den USA war das zu einem politischen Geständnis geworden. Die Freiheit, sich selbst und andere zu schützen, war gegen die Freiheit, was einer oder eine wollte, gestellt worden. Ein Kampf war das geworden und alle Toleranz verloren. Betty dachte, sie sollte das auch tun. Die Maske immer tragen. In New York würde sie das. Weil es da ein Statement geworden war. In Wien. Sie ging nur um die Ecke. Aber dann holte sie die Maske aus der Tasche und schlang sich die Gummibänder hinter die Ohren. Immerwährend. Die Maske immerwährend tragen. Nicht nur in den Innenräumen. Immerwährend. Dieser Virus sollte nun immerwährend dieses Maskentragen verlangen. Immerwährend. Das war eines dieser Worte aus der Kirche. Betty seufzte. Ihr Innen. Ihre Innenwelt. In der Leere der Außenwelt. Ohne jede Anregung. Es drehte sich alles. Es wurde alles umgeschichtet. Aufgewühlt. Herumgeworfen. Zentrifugiert. Und solche Worte tauchten auf.

Betty seufzte. In Zukunft. Immer die Maske? Betty dachte an die ersten Augenblicke der Epidemie. An diesen Augenblick des

Zusammenstehens. Und wie aus diesem Augenblick heraus. Es hätte alles richtig werden können. Alles anders. Friedlich geordnet. Freundlich versorgt. Jeder und jede einen Platz. Jeder und jede wichtig. Gleich wichtig. Sie hatten alle zusammengehalten. Fast alle. In der Quarantäne. Betty mußte wieder seufzen. Die Maske blähte sich auf und fiel heiß und feucht gegen den Mund beim Einatmen. Während all dieser Überlegungen. Sie atmete dann nicht richtig. Sie atmete wieder nur so obenhin. Das war schon besser gewesen.

«Das bin ich. Das bin ich. Das bin ich.» Sie murmelte es sich in die Maske vor. Betty stand vor der Bäckerei. Sie musste warten. Es waren drei Personen in dem Geschäft. Betty stand vor der Tür. Seitlich. Sie musste ruhig stehen. Bei der kleinsten Bewegung glitt die Tür zur Seite, und es schauten alle im Geschäft auf.

«Das bin ich. Das bin ich. Das bin ich.» Betty hatte sich von der Tür abgewandt. Auf der anderen Straßenseite. Gegenüber. Eine Boutique. Es lagen Handtaschen in der Auslage. Betty starrte hinüber. Sie hatte einmal Taschen gekauft. Sie war einmal taschensüchtig gewesen. Sie hatte viel zu viel Geld für Taschen ausgegeben. Es war unverzichtbar gewesen, die richtige Tasche zu haben. Betty schaute, ob sie schon in die Bäckerei hinein durfte. Die drei Personen waren aber noch immer drinnen. Betty schaute wieder über die Straße auf die Taschen. Nein. Sie hatte keine Lust. Sie hatte keine Lust, Taschen zu kaufen. Keine Lust, etwas zu essen. Keine Lust, den Steinschneider auf dem Kahlenberg zu treffen. Keine Lust, diesen Syrer in Wien herumzuführen. Sie fand keine Lust in sich, hinauszufahren. Es gab keine Lust, in Laxenburg eine Runde zu gehen. Betty überlegte, zu diesem neugefundenen Weg hinter Klosterneuburg zu fahren. Aber es fielen ihr nur Gründe ein, nicht dorthin zu fahren. Nicht zu gehen. Nichts zu kaufen. Nichts zu essen. Gar nichts zu essen und schon gar kein Schnitzel. Es gab nur die Wut. In ihr. Betty war ausgefüllt mit Wut. Sie war zornig. Sie war böse. Sie zog die Maskengummis hinter den Ohren zurecht. Ein Mann war aus der Bäckerei herausgekommen. Sie durfte eintreten. Betty blieb aber gleich beim Eingang drinnen wieder stehen. Sie musste warten. «Das bin ich. Das bin ich. Das bin ich.» sagte sie in die Maske. Sie hatte den Kopf vorgebeugt. So konnte es niemand sehen. Hinter der Maske. Sie konnte ungestört vor sich hin murmeln.

Betty war am Morgen aufgewacht und hatte sich von ihrem Körper getrennt gefunden. Weiter getrennt als sonst. Diesmal war es der Körper, der so vorweg preschte. So voran lief. Es war ihr Körper, der so wütend war. Im Stehen. In der Bäckerei. Jede Zelle an ihr tobte. Zitternd vor Wut. Das verstand sie jetzt. Betty stand da und wartete und versuchte, ihren Kopf auf ihren Körper zurückzubekommen. Es war, als müsse sie sich selbst nachlaufen. Als stünde sie vor dem Geschäft, während ihr Körper schon wutzitternd im Geschäft wartete. Schnaubend vor Wut. Betty seufzte. Das war also Hilflosigkeit angesichts des Schicksals. So fühlte sich das an. So musste sich das angefühlt haben, wenn über eine das Urteil gefällt worden war. Einen Augenblick. Betty konnte sich das vorstellen, wie das sein musste. In einer Zelle. Festungshaft. Die Wirkung von Verdammnis. Flucht. Und Exil.

Und das war sie. Im Exil. Alles, was ihr Leben ausgemacht hatte. Es war ihr genommen. Öffentlichkeit. Da, wo sie ihre Lesungen gehalten hatte. Da, wohin sie ihre Texte gerichtet hatte. Es war immer um diese Ansammlungen von Personen gegangen, die, ohne einander zu kennen, etwas gemeinsam machen hatten wollen. Lesungen. Konzerte. Theater. Diskussionen. Stadtleben. Und die Freiheit davon. Dieser Kanzler hatte sie ins 14. Jahrhundert zurückgeworfen. Und. Der dachte nicht daran, das Urbane wieder herzustellen. Im Gegenteil. Der hatte den Nazikampf gegen Wien wieder aufgenommen und stänkerte gegen die einzige Großstadt. Gegen die Freiheit da, die er Anonymität nennen würde. Lieblosigkeit. Vormoderne war das. Und sie. Sie Betty Andover. Sie hatte die Rechnung präsentiert bekommen. Die Abrechnung für ihre selbstverständliche Urbanität. Sie war den Versprechungen des Kanzlers aufgesessen. Das wusste sie nun. Sie war in die Aufgabe ihres Widerstands hinein gedemütigt. Jetzt. Im Nachhinein. Es stellte sich als Dummheit heraus, sich an die Regeln gehalten zu haben. Und nein. Sie musste sich das vorsagen. Sie hielt sich an die Regeln, weil das an sich richtig war. Aber das musste sie sich vorsagen. Ihr Körper. Ihre Wut. Ihr Zorn. Ihre Enttäuschung. Die hätten sofort eine Demo angezettelt und geschrien, wie diese Regierung die Würde der Regierten mißachtete. Wie die beleidigten. Betrogen. Und ihr Körper wusste das alles besser als sie. Ihr Körper war dazu bereit, hinauszugehen und sich selbst zu mißachten. Ihr Körper wollte Revolution.

Die Frau vor Betty fragte noch nach den Inhaltsstoffen auch der Himbeertörtchen. Sie hatte schon nach den Inhaltsstoffen der Heidelbeertörtchen und des Cheesecakes gefragt. Ob die Himbeertörtchen vielleicht lactosefrei seien. Betty versuchte, ganz ruhig zu stehen. Auch von innen ging die Tür bei jeder Bewegung wieder auf. Nach dem Seuchengesetz wäre ihr mehr zugestanden als sie nun erhalten hatte. Es wäre allen mehr zugestanden. Kurz hatte mit der Umgehung des Seuchengesetzs allen geschadet und sich die absolute Macht gesichert. Kurz hatte einen Staatsstreich mehr gemacht. Das Seuchengesetz außer Kraft. Die Verfassung umgangen. Aber. Dieser Kurz. Der hatte so begonnen. Der war ein Staatsstreicher. Warum hatte man ihm als Kind nicht eine Geige in die Hand gedrückt. Der war sicher ein sehr begabtes Kind gewesen. Von Schüssel dann aufgelesen und in die Politik sozialisiert. Das war Hospitalisierung. Er war zu einer dieser Personen geworden, die Betty oft getroffen hatte. Journalisten. Politiker. Gastgewerbe. Publizistik. Verlage. Festwochen. Musikbranche. Theater. Vor allem im ORF. Rundfunk und Fernsehen. Diese Personen. Immer Männer. Die hatten mit kleinen Jobs in der jeweiligen Institution begonnen. Die hatten dann ihr Studium verlassen, wie sie ihre Frauen verließen. Das waren unerfüllte Liebesgeschichten mit dem Studium und mit den Frauen, und das wurde spät nachts beim vorgeschriebenen Alkoholkonsum auch so gestanden. Er beneide Betty, hatte der Chefredakteur gesagt. Oder war das dieser Intendant gewesen. Er beneide Betty für ihre Konsequenz in ihrer Arbeit und für das abgeschlossene Studium davor. Er sei in diese Arbeit hineingescheitert, wie man in Ehen hineinschlittert. Er könne das vergleichen. Er sei drei Mal geschieden. Er klang wie der Ehemann und das süße Mädel bei Schnitzler. Wenn sie daran dachte, wie diese Männer es sich in den Regeln zurechtrichteten. Wie sie sich in ihrer Macht gemütlich eingerichtet hatten und sich alles herargumentieren konnten. Ohne jede Scham. Und wie sie dieser Verführung aber wieder aufgesessen war in ihrer Einordnung in die Quarantäne und ja eigentlich gewusst hatte, wie es enden würde. Sie hätte ins Bundeskanzleramt gehen sollen und sich an diesen goldverzierten Schreibtisch setzen und sagen, dass sie das jetzt übernähme. Und basta!

Die Frau vor Betty hatte sich für Profiteroles entschieden. Die Verkäuferin musste in die Küche, eine Schachtel zu holen. Die

Frau seufzte. Sie wandte sich an Betty. Dann drehte sie sich wieder weg. Mit den Masken auf. Bemerkungen waren da zu schwierig. Betty war froh. Was immer die Frau gesagt hätte, sie hätte aggressiv reagiert. Sie wurde nicht gerettet. Das war es. Der Staat tat das einfach nicht. Auch nicht, wenn sie sich einreihte.

Was sie wolle, fragte die Verkäuferin. Betty kaufte zwei Semmeln und zwei Schokocroissants. Kohlenhydrate zur Beruhigung. Süßes und Schokolade. Beruhigung. Beim Hinausgehen. Betty musste grinsen. Beruhigung. Ja. Jetzt einmal. Sie ging zu ihrer Wohnung zurück. Hüpfend. Zufrieden. Fast zufrieden. Sie hatte diesen einen revolutionären Augenblick versäumt. Gleich am Anfang. Ja. Aber jetzt. Es ging darum, den revolutionären Augenblick auszudehnen. Eine revolutionäre Dauer aus dem Augenblick machen. Und das hatte sie gelernt. Aus dem Allem. Immerhin. Und eigentlich immer schon. Betty lief die Stiegen hinauf. Was bedeutete das in der Praxis? Die revolutionäre Dauer. Jetzt?

Episode 2.

27. Mai 2020. Wien.

Das Gezische von oben hatte wieder begonnen. Betty war im Bett gelegen und erstarrt. Es war nur kurz. Die Männerstimme knapp. Die Frauenstimme langgezogen. Es hatte nicht so lang wie früher gedauert. Es war nur so ein Aufflackern. Dann gleich wieder Ruhe. Betty blieb im Bett liegen, bis sie die Wohnungstür oben hörte. Sie wusste, die Frau ging wieder ins Büro. Was machte der Mann? Das wusste sie nicht.

Betty musste aufstehen. Es war an kein Weiterschlafen zu denken. Na, das passt, dachte Betty. Es war eben alles beim schlimmeren Alten. Betty trank ihren Kaffee in der Küche stehend. Sie zog sich eilig an. Sie wollte hinaus. Sie holte das Auto aus der Garage und fuhr auf den Kahlenberg. Auf dem Weg dahin rief sie den Steinschneider an. Sie gehe jetzt zum Agnesbründl. Wenn er sie sehen wolle, dann könne er ja dahin kommen.

Beim Sirbu oben. Betty schaute auf Wien hinunter. Lange. Dann ging sie in den Wald und stieg zum Agnesbründl hinauf. Es war kalt. Der viele Regen der letzten Tage hatte den Weg matschig gemacht. Aber das war wunderbar. Es hatte richtig viel geregnet. Strömender Regen war das gewesen. Für die Bäume war das gut. Es war ein sehr heißer Sommer prognostiziert. Die Fichte würde aus den Wäldern verschwinden und nur in hohen Höhen noch weiterleben können. Betty schaute sich um. Fichten gab es in Wien nur in den Gärten als Erinnerung an die 60er und 70er Jahre. Diese Gartenfichten waren alle riesengroß geworden. Sie mussten alle gefällt werden. Die Stürme des Klimawandels entwurzelten diese Riesenbäume und ließen sie auf die kleinen Siedlerhäuschen stürzen, die sie überragt hatten. Einer Freundin war das passiert, und Betty hatte alles über die Verwicklungen der Versicherungsfragen in so einem Fall gehört.

Betty war nicht gern auf dem Kahlenberg. Die Hipstergeneration hatte den Kahlenberg entdeckt. Die Sommerheurigen da. Die Hipster brachten ihre Kinder mit. Ließen die Kinder in den Sandkisten toben. Die Hipster legten sich in die Liegestühle. Tranken den gemischten Satz. Kümmerten sich nicht um die Kinder. Waren mit ihren Handys beschäftigt. Den Wiener gemischten Satz mochte Betty aber schon.

So früh am Vormittag war niemand auf dem Weg. Kein Auto parkte entlang der Straße vor dem Sirbu. Was war ihr denn da eingefallen? Den Steinschneider hier zu treffen? Aber es war schon richtig. Abstand. Und vielleicht. Vielleicht sah sie alles von der falschen Seite. Sie hatte social distancing schon lange eingeführt gehabt. In ihrem täglichen Leben. Längst war niemand mehr uneingeladen vor der Tür gestanden. Manchmal ging ihr das ab. Bei den Eltern. Die Glocke hatte geläutet, und als Kinder waren sie auf den Gang hinausgelaufen zu schauen, wer da kam. Aber das war Kleinstadtleben. Und dann. Betty arbeitete zu Hause. Sie hatte immer schon homeoffice gemacht. Ein unangemeldeter Besuch. Das wäre in die Arbeitszeit gefallen. Oder auch nicht. Aber Betty wäre nicht hergerichtet gewesen, wie ihre Mutter das genannt hatte. Betty saß im Pyjama vor dem Computer und zog sich erst nach dem Schreiben an. Wie würde das in Zukunft vor sich gehen. Betty seufzte. Ausbeutung. Es würde in der totalen Ausbeutung enden. Sie hatte gelesen, dass ein Viertel der Jobs nach der Coronakrise im homeoffice gelassen würden. Die Arbeit im homeoffice. Sie hatte das so machen müssen. Sie arbeitete zu jeder Zeit. Sie trennte nicht zwischen Arbeit und Leben. Sie dachte immerwährend an den Text, den sie gerade schrieb. Aber jemand, der normale Büroarbeit machte. Wie würde die Trennung da aussehen. Wie würde eine life-work-balance abgegolten werden. Würden die homeoffice-Arbeitenden so wie sie nur noch am Ergebnis gemessen werden. Würde der Begriff Arbeitszeit nicht mehr gelten. Wie sollte dann so ein normaler Bürojob bezahlt werden. Das konnte doch nur gegen diese Personen ausgehen. Das war zurück in der Schule. Die Hausübungen gemacht. Gleichgültig wie lange gebraucht. Nur das Ergebnis benotet. Betty ging schneller.

Der Wald war beruhigend. Betty dachte, die Baumkronen waren vom Regen gleich dichter. Grüner. Lebendiger. Bitte, jetzt kein Gleichnis, sagte sie sich. Sie setzte sich auf eine Bank. Hörte dem Agnesbründl beim Plätschern zu. Gerade als sie aufstehen wollte, stürmte der Steinschneider herbei. Er kam keuchend an. Er stellte sich vor sie. Er wollte etwas sagen. Dann zog er seine Maske aus der Tasche seiner Barbourjacke und setzte die auf. Ach Steinschneider, dachte Betty. Aber Steinschneider war ein Snob und die Babourjacke schnöselig abgetragen.

Betty lächelte Steinschneider an. Steinschneider setzte sich ans andere Ende der Bank. Er zog entschuldigend die Schultern hoch. Betty lachte. Es war wie immer mit Steinschneider. Alle Möglichkeiten und keine Wirklichkeit. «Du bist sicher nur gekommen, um mir zu sagen, dass du in dein Haus in Kärnten fährst. Oder?» Betty hatte sich zurückgelehnt und sprach in den Baumwipfel über ihr hinauf. Steinschneider seufzte. «Und in Kärnten hast du sicher eine Freundin, die schon auf dich wartet. Oder?» Steinschneider beugte sich vor. «Und kannst ihr das nicht antun, weil die Geschichte schon so lange dauert. Oder?»

Steinschneider setzte sich wieder auf. «Die Wahrheit ist aber, dass du nichts ändern willst, weil ohnehin alles so bequem ist. Oder?» Steinschneider lehnte sich zurück. «Nein.» sagte er. «Nein. Ich wollte. Also. Wie ich dich da wieder gesehen habe. Da ist mir alles eingefallen. Alles von uns. Damals. Und ich möchte das wiederhaben. Es ist. Ich weiß nicht. Wenn ich dich sehe. Da kann ich mir gar nichts anderes vorstellen. Da erscheint mir das alles ganz leicht. Ohne dich. Wenn ich wieder zu Hause bin. Bei mir. Die Kinder. Das alles. Dann kann ich es nicht. Ich kann es nicht. Verstehst du.» Betty schaute ihn an. Er hatte die Maske abgenommen und sah vor sich hin. Einen Augenblick. Betty war traurig. Tieftraurig. In Trauer verloren. Dann musste sie lachen. Sie hatte es doch gewusst. Sie hatte es gesagt. Er hatte seins gesagt. «Betty. Ich will dich aber nicht verlieren.» Steinschneider war näher gerückt und hielt ihre Hand. Betty ließ sich zu ihm hinübersinken. Sie küsste ihn. Lange. Dann stand sie auf. «Das war aber jetzt sehr forsch von dir.» sagte sie. «Ohne Maske und ein Zungenkuss.» «Du machst dich doch wieder nur lustig über mich.» sagte Steinschneider. «Manchmal glaube ich, dass du dich sowieso nur lustig über mich machst.» Betty grinste. Sie zuckte mit den Achseln. «Komm.» sagte sie. «Geh mit mir bis zum Auto.»

Sie gingen den Weg bergab. Immer wieder mussten sie den matschigen Stellen ausweichen. Sie konnten nicht nebeneinander gehen. Bei ihrem Auto. Steinschneider wollte sie umarmen. Betty machte die Autotür so auf, dass sie zwischen ihm und ihr zu stehen kam. Über die Autotür. «Ruf mich an, wenn du wieder in Wien bist.» sagte sie. «Und der Roman, in dem du schon beschrieben bist, der heißt ‹Die Front des Lebens› und ist von Gina Kaus.» «Da komme ich vor?» fragte Steinschneider. «Ja», antwortete Betty. «Ja. Das war ein Fortsetzungsroman in der Arbeiter-Zeitung. 1928 hat diese Frau schon gewusst, wie du 2020 sein wirst.» Betty lächelte. Sie stieg ein und fuhr weg. Sie musste reversieren. Steinschneider war aber nicht stehengeblieben, und sie konnte ihm nicht zuwinken.

Episode 3.

28. Mai 2020. Wien.

Betty war sehr früh aufgestanden. Sie hatte sich ins Wohnzimmer gesetzt und ihren Morgenkaffee getrunken. Was sollte sie tun? Wenn das Ehepaar von oben zu ihren Morgensadomasochismen zurückgekehrt war? Beide Stimmen hatten am Vortag danach geklungen. Gut eingeübte Rollen waren das. Waren das wieder. Fast schon wie vor der Krise. Sie hatte sich daran gewöhnt gehabt. Ja. Sie war daran gewöhnt gewesen. Vor der Krise. Ja. Sie war oft deshalb aus dem Bett geflüchtet. Aber das Gezische fing nie früher als halb acht am Morgen an. «Otto e mezzo». War das nicht ein Film von Fellini? Aber das hieß halb neun. Und war das nicht der Film über einen Filmregisseur? Und war das nicht der Film, über den die Kulturwissenschaftlerinnen in Streit geraten waren? Hatten die Kulturwissenschaftlerinnen damals nicht ganz einfach den Boten für die Botschaft bestraft? Fellini? Hatte der nicht immer die Wahrheit berichtet? Wie oft war sie an Snàporaz und Katzone erinnert worden? Und wie perfekt waren die Kulturwissenschaftlerinnen in «La Città delle Donne» schon dargestellt gewesen? Und warum war das am Morgen? Rüsteten diese beiden Personen sich mit dem Gift der Abhängigkeit für den Tag? War das ihre Art, sich der Zusammengehörigkeit zu versichern? Und hatte der lockdown diese Versicherungen unnötig gemacht? Oder hatte die Kraft für dieses Zischen in der Krise nicht gereicht? Hatte die Krise nichts an Perversion erlaubt? Betty holte sich die zweite Tasse Kaffee. Sie würde sich nicht mehr daran gewöhnen. Sie konnte das nicht länger. Tolerieren? War das das richtige Wort. Aushalten? Sie konnte das nicht mehr aushalten.

Duldung. Das war früher gewesen. Duldung. Das war Faulheit gewesen. Vermeidung. Das war Schwäche, die sich als Großzügigkeit verkleidet hatte.

Betty fuhr dann nach Graz. Betty hatte eine Freundin angerufen und sich mit der verabredet. Betty brauchte eine lange Autofahrt. Sie musste nachdenken. Dafür musste sie aus der Wohnung hinaus. Aus der Stadt hinaus. Bewegen. Fahren. Davonfahren. An einem anderen Ort sein. Die Reiselust so in Erinnerung behalten. Wenigstens. Betty brauchte Kleider. Sie hatte keine Lust zum Einkaufen gehabt. Aber das half nichts. Für sehr heiße Tage hatte sie nichts anzuziehen. Bettys Großmutter war aus der Oststeiermark gewesen. Nach Graz fahren. Das war ein unglaublich wichtiges Ereignis gewesen. Die Großmutter war nach Graz hinunter gefahren. Oder nach Graz hinein. Während der Fahrt. Betty dachte über diese Großmutter nach. Verstand sie diese Person nun besser? Die Arbeitslosigkeit jedenfalls lernten sie alle gerade kennen.

In Graz. Sie gingen zu Kastner & Öhler. Das war auch so ein Zauberwort gewesen. In diesem Kaufhaus war immer schon eingekauft worden. Betty ging deshalb hin. Und weil es dieses Kaufhaus wie alle diese Kaufhäuser bald nicht mehr geben würde. Amazon würde schon dafür sorgen.

Betty liebte Kaufhäuser. Aber sie kam immer gerade dahin, wenn die Schließung bevorstand. Das war mit dem Walnut Room von Marshall Field's in Chicago so gewesen. Dann das Bistro von John Lewis Oxford Street in London. Dann war das Restaurant von Macy's 5th Avenue ein Burger King geworden. Eigentlich, dachte Betty. Es ginge, eine Kulturgeschichte des Abstiegs der Mittelschicht anhand dieser Restaurants zu schreiben. Eine Kulturgeschichte wäre das dann, wie der Abstieg der Männer nicht mit einem Aufstieg der Frauen beantwortet worden war. Wie die Frauen auch im Abstieg immer noch auf die Männer bezogen geblieben waren. Und die Verluste davon.

Im Kaufhaus. Die Maske aufgesetzt. Im zweiten Stock. Eine Verkäuferin fragte Betty, was sie suche. Betty sagte, «Ich suche ein Kleid.» Das war gar nicht ihr Vorhaben gewesen. Aber die Frau brachte sofort zwei Kleider und ging, nach weiteren zu suchen. Betty ging erst herum. Ihre Freundin B. kam mit. Die Maske machte Betty nervös. Sie musste die Brille aufsetzen, um die Preise lesen zu können. Die Brille beschlug sich. Betty fand nichts. Sie gingen zur Verkäuferin zurück. Die hatte Berge von Kleidern und Jumpsuits zusammengetragen. Freundin B. setzte sich auf das weiße Sofa. Da saßen wohl sonst die begutachtenden Männer. Betty probierte. Das Licht in der Umkleidekabine war blaustichig. Jede Delle in der Haut war in diesem Licht zu sehen. Betty wollte gleich wieder gehen. Wenn sie so schrecklich aussah, dann hatte nichts einen Sinn. Dann schlüpfte sie in das erste Kleid. Mattes Silbergold. Ein Fünfzigerjahre-Schnitt. Eng anliegendes Oberteil. Weiter Rock. Betty ging hinaus. Hier war der Spiegel schmeichelnd. Dieser Spiegel machte auch schlanker. Aber das Kleid sah gut aus. Freundin B. nickte. Betty probierte 7 Kleidungsstücke. Das war ein Rekord. Betty hasste es, Kleider zu probieren. Mit der Maske war das noch anstrengender. Am Ende und mit Freundin Bs. Zustimmung. Betty kaufte 4 Kleider. Und sie war weit unter dem Budgetrahmen geblieben. Betty lief aus dem Kaufhaus hinaus, damit das so bliebe.

Am Abend. Im zoom-Plausch. Freundin A. aus Nürnberg wunderte sich über Bettys Kleiderkauf. Sie habe sie noch nie in Kleidern gesehen. Betty kicherte. Sie erzählte Freundin A., was sie schon Fiorentina und Irma erklärt hatte. «Das ist der Beginn der Seidenfadenrevolution. Ich kümmere mich nicht mehr, was andere von mir halten. Ich lasse mich nicht mehr einschränken. Durch eine solche Rücksicht. Das habe ich schon oft beschlossen. Aber diesmal soll das sichtbar sein. Ich werde in Fünfzigerjahre-Kleidern herumspazieren, weil mir das Spaß macht. Aber. Ich werde nie wieder eine Minderung meiner Würde zulassen. Ich werde keine Entwertung von Frauen durchgehen lassen. Und wenn jede andere Frau nur immer darauf besteht, dass sie genannt wird. Dass sie und damit alle Frauen in allen Texten vorkommt. Und das hat seinen Grund. In den Diskussionen gerade im Internet. Die Männer gendern schon nicht mehr. Vor allem die linken Männer benutzen schon wieder das Archilexem. Wenn wir damit beginnen, das nicht zu akzeptieren. Wenn wir auf unserer Würde bestehen. Dann ist das halt wieder einmal ein Anfang. Verstehst du. Wir müssen jetzt neu auf unseren Rechten bestehen. Die Pflichten. Die haben die Frauen doch erfüllt. Wenn ich durchrechne, dass 48 % der Männer von sich sagen, das homeschooling zu machen und nur 3 % der Frauen ihnen zustimmen. Dann ist eine neue Frauenbewegung notwendig. Die Seidenfadenrevolution. Das ist die Revolution der Frauen gegen die tägliche Beleidigung für ihre Sorgearbeit und die Abwertung dafür. Die Seidenfadenrevolution ist der revolutionäre Augenblick auf die Lebenszeit ausgedehnt. Wenn das jede Frau macht, wird aus den Fäden ein Gewebe und daraus machen wir den Teppich, auf dem wir friedlich und in Achtung leben können.» Was neue Kleider damit zu tun haben, fragte Freundin A. «Weißt du.» sagte Betty. «Es ist sicher das siebenunddreißigste Mal, dass ich mich zu so einem Wiederanfang aufraffen muss. Nie ist es gelungen, den Errungenschaften für Frauen politischen Bestand zu verschaffen. Wenn ich das überlege, dann macht mich das so traurig, dass ich alle Hilfsmittel dagegen brauche. Und vielleicht. Es könnte eine Aussöhnung mit meiner Mutter bedeuten, wenn ich diese Art von Kleidern tragen will, die ich an ihr als sehr kleines Kind in Erinnerung habe. Das wäre nicht das Schlimmste. Diese Dämonen gebannt zu haben. Und außerdem. Was wäre die richtige Kleidung?» Freundin A. in Nürnberg hob ihren Wodkacocktail. Betty prostete ihr mit Prosecco zu. Sie tranken auf das unlösbare Problem des Aussehens von Frauen. Dann berieten sie bis fast Mitternacht, ob die Männer nicht doch Kleider tragen sollten. Ob die Männer, in Kleider gesteckt, Gleichberechtigung nicht doch besser verstehen würden. Sie kamen am Ende zu dem Schluss, dass die Sportmode das erledigen könnte. Freundin A. wollte selbst unter keinen Umständen ein Kleid anziehen.

Episode 4.

Pfingstsonntag 2020. Wien.

Betty war früh aufgewacht. Die zoom-Party mit den Freunden aus New York hatte bis 2.00 Uhr morgens gedauert. Es war eine große Party gewesen. Viele andere Personen waren zugeschaltet gewesen. In New York hatten sie Cocktails getrunken und lange über die Cocktails philosophiert. David K., der Theaterkritiker, hatte erklärt, dass der Sidecar, den er in die Kamera hielt. Dass dieser drink die große Aufgabe habe, alle Aufregung eines Theaterbesuchs ersetzen zu müssen. All das Anziehen und Herrichten. Den Lift holen. Den Partner zu Eile drängen. Ein Taxi besorgen. Das Jammern, wieder nicht rechtzeitig im Theater anzukommen, obwohl David sicher noch nie zu spät gekommen war. Im Taxi dem Verkehr ausgesetzt. Inmitten all der anderen Autos eingeschlossen zu sein. Der New Yorker Taxifahrer, und wie der in Lücken hineinpreschte. Wie einer da nach hinten und nach vorne gerissen würde. Wie vor dem Theater keine Gelegenheit war auszusteigen. Wie die ins Theater strömenden Menschen das Taxi umschwärmten. Wie die Kreditkarte wieder nicht funktionierte. Wie er dann doch bar bezahlte. Wie ärgerlich er immer gewesen war. Nie war man in Ruhe im Theater angekommen. Dann aber. Die Karten holen. Sich durch die Menschenmenge durcharbeiten. Der Name. Die Tickets. Die Mäntel. Immer die gleiche Person an der Garderobe. David hatte in jedem Theater seine besondere Garderobenperson. Ein Gruß. Die Frage nach dem Befinden. Dann schon auf dem Platz, und inmitten des Rumorens und des Redens und Lachens das Warten auf den Anfang. Die Erwartung. Das alles musste dieser Cocktail übernehmen. David hatte den Cocktail in einem Zug gelehrt, und sein Bild war dabei die ganze Zeit rot umrahmt. Selbst der Algorithmus so einer zoom-Schaltung wusste, dass David damit etwas sagen hatte wollen.

Pfingstsonntag, fiel Betty ein. Es war still. Das Ehepaar über ihr in ihrem Haus im Weinviertel. Betty dehnte sich. Sie hatte den Mann auf der Stiege getroffen. Der hatte einen Wäschkorb voll Kleider hinuntergetragen. Betty musste wohl erstaunt dreingeschaut haben. Sie bräuchten doch noch Winterkleidung, hatte der Mann erklärt. Das Pfingstwochenende würde kalt und nass werden. Und dann könnten sie die Kleider gleich da lassen, wenn sie ganz aufs Land ziehen würden. Betty hatte dem Mann die Stiegen hinunter nachgeschaut, bis er im Gang zum Eingangstor verschwunden war. Sie war erleichtert. Der Sadomasochismus kehrte dorthin zurück, woher er gekommen war. Aufs Land. In die Abgeschiedenheit. Die Unbeobachtetheit. Ins Reaktionäre des Grundbesitzs. «Mein Haus.» wurde da gesagt und alle anderen in das «mein» gesperrt. Betty konnte sich nicht vorstellen, dass die Frau dieses Manns mit im Grundbuch stand. Privatsachen, sagte Betty sich. Und warum dachte sie über diese leidige Sache nach, wenn die Befreiung bevorstand. Aber Betty wusste warum sie das tat. Sie hatte Angst, die nächsten Bewohner würden noch viel schrecklichere Dinge tun. Noch lauter sein. Schreien und nicht nur zischen. Betty stand auf. Wahrscheinlich musste sie die Zimmer umdrehen. Das Schlafzimmer zum Wohnzimmer und das Wohnzimmer zum Schlafzimmer machen. Eine Drehung mehr in dem Karussell, das die Welt geworden war.

Betty setzte sich in den Lesefauteuil. Sie schaute auf dem Handy nach, ob es schon Krieg gab. Im Guardian waren nur Berichte über Unruhen in den USA. Noch keine Kriegserklärung. Betty saß da. Pfingstsonntag, dachte sie. Aber keine Erleuchtung. Ihr zweiter Mann hatte zu Pfingsten im Bett einen Apfel gegessen. Er hatte sich am Abend einen Apfel auf das Nachtkästchen gelegt und am Morgen gleich nach dem Aufwachen gegessen. Ein Pfingstbrauch sei das, hatte er gesagt, und sie hatte nicht nachgefragt. Er hatte nicht sprechen dürfen, bevor der Apfel gegessen war. Irgendwie hatte das zu Pfingsten gepasst. Oder zu ihrer Gläubigkeit. Sie hatte diesem Mann so lange alles geglaubt. Das war dumm gewesen. Aber sie hatte die Liebe gehütet. Damit. So. Sich die Liebe erhalten. Das war nicht anders als mit dem Ehepaar von oben. In der Welt. Jetzt. Die Verhältnisse. Der Verlust des Gesellschaftlichen. Jeder und jede mussten sich ein Schicksal erbasteln. Hatten sich ein Schicksal erbasteln müssen. Das neue Schicksal. Das verordnete Schicksal. Das war auch wie das Gezische von oben. Die viel zu strenge Regierung. Die viel zu braven Regierten. Keine Ebenbürtigkeit. Da konnte einer einen Pfingstbrauch behaupten. Niemand fragte nach. Alle litten und würden die Folgen des Leidens als Privatsache abbuchen müssen. Imgrund. Es war der Staat in die Leben eingedrungen. Hatte den Virus imitierend alle erfasst. Der Staat hatte sich selbst zum Besetzer der Seelen aufgeschwungen. Der Staat saß nun in den Seelen. Hockte in den Personen. Wirkte sich aus. Und es würde wohl Gift daraus werden. Die Gefangennahme in die österreichische Volksschule des Jahrs 1774 war vollständig. Still sitzen. Nichts reden. Keine Widerrede. Die Aufgaben machen. Wie lange es auch dauerte. Homeoffice. Und schweigen. Und Schluss.

Im Wetterbericht war Regen angesagt gewesen. Betty war froh darüber. Die Bäume. Ein halbes Jahr kein richtiger Regen. Das musste ausgeglichen werden. Aber wie nun meistens. Ein Regenhimmel. Regenlicht. Regenluft. Regenwind. Aber kein Regen. Gebrochene Versprechungen überall.

Episode 5.

2. Juni 2020. Wien.

Betty fragte sich, was es war, dass sie sich immer noch im lockdown fühlte. In der Wohnung. Sie hatte dieses Eingesperrte-Tigerin-Gefühl. Sie ging auf und ab und zum Fenster. Schaute hinaus, und ging dann wieder auf und ab. Betty saß fast nur noch, wenn sie im Internet die Nachrichten anschaute. Sie war süchtig nach Nachrichten. Sie schaute alle fünf Minuten, ob es eine neue Mail für sie gab. Sie konnte lesen, dass sie vor fünf Minuten schon nachgeschaut hatte. Sie klickte die New York Times an. MSNBC. Sie schaute sogar Fox News. Betty wollte wissen, was die Zukunft bringen würde. Betty hatte Angst vor einem Krieg. Sie suchte in den Nachrichten der USA nach dem Wort Bürgerkrieg. Aber es war ein Kampf gegen die staatliche Gewalt. Der Vorgang war wohl eher Revolution zu nennen. Die Fronten immer deutlicher, wenn der Präsident sich auf law and order berief und die Bibel hochhielt. Wie seltsam. Jesus war ja nun ein Revolutionär gewesen. Seine Geschichte eher die Geschichte George Floyds. Wenn der Mann, der auf die Demonstrierenden schießen ließ, sich auf die Bibel berief, dann war das eigentlich widersinnig. Wie schon immer. Und der Präsident sah ja auch komisch aus. Wie ein kleiner Bub, der bei seiner Lüge blieb, stand er trotzig da. Kein Held. Es wäre besser gewesen, Trump hätte seinen Kontoauszug hochgehalten. Aber das war die Begrenzung einer Fernsehpersönlichkeit.

«Das hast du davon, dass du für deine Literatur ernst genommen werden wolltest.» sagte Fiorentina. «Da hat sie recht.» fügte Irma hinzu. «Du hättest dich aufbrezeln sollen und dich ins Fernsehen setzen und diese alten Männer als alte Männer entlarven.» «Ach.» sagte Betty. «Und wie Barbara Schöneberger immer darüber kichern, dass ich blond bin und deshalb nichts kann?» «Nein.» besänftigte Fiorentina. «Das hättest du nicht notwendig gehabt.» «Und schau, wo sie heute ist. Eine Moderatorin.» schüttelte Irma den Kopf. «Ja.» meinte Betty. «Aber immerhin ist sie nicht mehr schlank. Das ist wahrscheinlich eine Leistung in diesem Metier. Und das ist es. Fernsehen ist ein Metier. Dahin wollte ich nicht abrutschen. Literatur ist die Welt. Das ist nicht diese Schrumpfung auf Bildschirmdünne.» «Aber ätzend ist es.» sagte Irma. Irma war in einem weißcremefarbenen Jumpsuit besonders schlank. Fiorentina trug ein dunkelgrünes Seidenkleid mit Schalkragen und die cremefarbenen, sehr hohen Pumps. «Ätzend?» fragte Betty. «Ätzend?» Sie ging wieder ans Fenster. «Das ist empörend. Die FAZ feiert diesen hundertsten Geburtstag, damit sie die Politik dieses Manns weiterführen können. Das ist die Politik des Symbolischen. Reich-Ranicki feiern und damit allen Chauvinismus, den dieser Mann der deutschen Kultur ermöglichte. Da wird nicht nachgedacht, was die Politik dieses Manns zerstört hat. Unmöglich gemacht. Verhindert hat. Was sein hätte können. Reich-Ranicki hat nach der Wiedervereinigung den Wessis die Wessi-Chauvinismen geliefert. Das war sein Erfolg gewesen. Reaktionäre Absicherung der Wessi-Vorherrschaft. Alle Verdammung von diesem Mann war eigentlich gegen die Ossis gerichtet gewesen. Ich war damals ein Kollateralschaden. Das meinst du doch?» fragte Betty Irma. Irma nickte. «Das war eine Vernichtung. Damals.» bestätigte Fiorentina. «Das war dein erster Roman?» fragte Irma. Betty ging in die Küche. Sie brauchte schon wieder einen Kaffee. Und. Die beiden wussten doch ganz genau, dass das der erste veröffentlichte Roman gewesen war. Mit der Kaffeedose in der Hand lief sie schnell ins Wohnzimmer zurück.

«Da fällt mir ein.» rief sie.» Aber. Das begreife ich jetzt erst.

In dieser Diskussion mit dem Gottschalk. Der hat mir doch die gleichen Vorwürfe gemacht wie der Reich-Ranicki der Löffler über meinen Roman. Die Löffler war da übrigens die eigentliche Stimme der Literatur gewesen. Aber dieser Gottschalk. Glaubt ihr, der hat sich das literarische Quartett aus dem 96er Jahr angeschaut und sich das zum Vorbild genommen? Wenn ich da früher draufgekommen wäre. Da hätte ich diese Diskussion ganz anders machen müssen.» Betty musste sich setzen. «Diese Erkenntnisse. Warum kommen die wirklich immer zu spät.» Sie musste tief Luft holen.

«Ist ‹zu spät› nicht das Motto der ganzen Angelegenheit?» Fiorentina sagte das tröstend. «Und der Gottschalk hat mit der Literatursendung aufgehört. Das war doch nur noch eine Ehrenrunde, die er nach der Sendung mit dir gemacht hat.» Betty lachte. «Aber es fügt sich zusammen. Er war doch so ein Fan vom Reich-Ranicki. Als totaler Wessi, der er war.» «Und mach dir keine Gedanken. Über den Reich-Ranicki werden nur noch Anekdoten ausgetauscht. Das hat keine ernsthafte Person notwendig. Er war eben ein Produkt der Fernsehkultur. Mit dem Feuilleton hätte er nie so viele Leute erreicht. Und mit dem Quartett. Es war doch nur eine Show und hat der Literatur langfristig geschadet.» «Es war aber auch eine zu piefige Leseliste, die er aufgestellt hat. Chauvinismus als Leitkultur.» Irma lachte fröhlich. «Immerhin.» stellte Betty fest. «Reich-Ranicki würde den Zauberberg hochhalten und nicht die Bibel.» «Aber trotzig dreinschauen würde er schon.» meinte Irma. «Dazu muss man sich die Aufzeichnung des literarischen Quartetts von damals nur anschauen. Es ist schön, wenn sich der Frauenhass im Gesicht anschauen läßt.» sagte Fiorentina. «Anschauungsunterricht ist schließlich das Einzige, wofür dieses Fernsehen wirklich gut ist.» fügte Irma hinzu. «Ach.» seufzte Betty. «Wenn ich euch nicht hätte.»

Betty ging dann wieder zum Bäcker. Lebte sie nur noch von Semmeln und Himbeertörtchen, fragte sie sich beim Hinuntergehen. Sie hüpfte die Stufen hinunter. Lief. Schnell an der Wohnungstür vom Fritz Keller vorbei. Kochen war nicht möglich. Noch immer nicht. Sie wollte nichts kochen. Schon die Vorstellung löste Ekel aus. Es war ein sanfter Ekel. Es war ein wegschiebender Ekel. Aber Kochen. Essen. Das war nicht mehr wichtig. Immerhin, sagte Betty sich. Dieser Zwang aufgehoben. Diese Besessenheit der ersten Wochen, sich über Kochen einzureden, Herrin der Situation zu sein. War das die neue Freiheit? Sich nicht mehr zu hervorragendem Essen verpflichtet zu fühlen. Ach, wenn sie doch nur in New York wäre. Betty hatte in New York schon oft demonstriert. Sie war mit den «Occupy Wall Street»-Demonstrationen mitgegangen. Sie wusste, wie die Polizei da angriff. In Wien. Da war die Polizei mitgegangen. Meistens. Gewalttätig. Das war dann Salzburg gewesen. Ein Protest gegen G7. Kesseling. Das hatten die Polzisten auf der ganzen Welt von der österreichischen Polizei gelernt, hatte es damals geheißen. Aber die Polizisten in Washington. Und auf dem Video, auf dem gezeigt wurde, wie der Weg für Donald Trump vom White House zur Kirche freigemacht wurde. Da war das genau zu sehen. Die Polizisten griffen an. Sie stürzten sich mit den Schildern auf die Protestierenden und schlugen zu. Überrannten die. In New York. Da hatten sie sich auf einzelne Personen geworfen. Hatten zu zweit oder zu dritt eine Person aus der Menge der Protestierenden herausgegriffen. Zu Boden geworfen. Mit weißen Plastikbändern gefesselt und in den wartenden Lieferwagen getragen. In Athen war das auch so gewesen. Die Protestierenden waren nur da gewesen. Waren gegangen. In Athen hatte es Musik gegeben. Partisanenlieder. In New York. Da hatten alle geschwiegen. Betty war erklärt worden, dass diese Stille bei der Verschleppung. Das waren ja keine Verhaftungen. Das war Verschleppung. Dass es wichtig war, still zu bleiben. Nicht zu schreien. Eben nicht zu protestieren. Den Gefangengenommenen ginge es sonst noch schlechter, und sie würden geprügelt werden, wenn die Menge sich aufregte. Das würde die Polizisten anheizen, hatte Mark gesagt. Fuel them further. Aber wie vergesslich sie war. Das war doch in der Au auch passiert. 1984. Wie sie die Au besetzt hatten, um die Auwälder vor einem Donaukraftwerk zu retten. Da hatte der damalige Bundeskanzler, ein Sozialist, der mit der FPÖ damals auch schon koaliert hatte. Da hatte der sozialistische Bundeskanzler die Gendarmerie auf die Au-Besetzer und Au-Besetzerinnen gehetzt. Betty fiel das Bild ein, wie die Polizisten über den Hang heruntergekommen waren. Die Waffe im Anschlag. Vor dem Haus. Betty beschloss, zu ihrem Beisl zu gehen und sich mit der Frau Lechner zusammenzutun. Zusammentun. Eine Bande mit der Frau Lechner bilden. Machtlos, aber entschlossen. Betty war plötzlich froh, so unbedeutend zu sein. Nichts zu sagen zu haben. Nur sie selbst. Aber sie wusste, mit welchen Personen sie auf der Straße gesehen werden wollte. Und sie hatte keine Angst mehr. Sie hatte so viele Kämpfe gekämpft. Sie musste sich nur daran erinnern. Sie musste sich nur vorsagen, dass sie sich nicht zerstören hatte lassen. War diese Müdigkeit, in der sie eingefangen war. War diese Müdigkeit eine Folge des lockdown-Schocks, oder war das gewolltes Ergebnis? Stillstellung jeden Widerstands? Todähnliche Bewegungslosigkeit? Nein. Der Kampf geht eben weiter, sagte Betty sich und wanderte in Richtung Währingerstraße davon.

Episode 6.

4. Juni 2020. Immer noch Wien.

Betty ging gleich nach dem Aufstehen aus dem Haus. Sie fuhr mit der Straßenbahn nach Pötzleinsdorf. Im Café an der Endstation bekam sie einen Kaffee zum Mitnehmen. Sie ging in den Park. Sie wanderte den unteren Weg bis fast zum Schlösschen. Dann bog sie hinauf und setzte sich auf einen Baumstamm gleich oberhalb der Statuen da und trank ihren Kaffee. Dann ging sie die große Runde im Park. Im Gehen. Es war ein eiliges Gehen. Es war fast ein Davonlaufen. Betty ging im Trauern der Trauer davon. Sie ging so lange, bis alles in eins fiel und sie wirklich traurig sein konnte. Erst am Ende wieder. Da. Wo sie zum oberen Weg abgebogen war. Erst da kam sie in ein ruhig schnelles Gehen. Sie ging dann die Pötzleinsdorferstraße hinunter und stieg erst beim Gersthofer Bahnhof wieder in die Straßenbahn.

4. Juni. Tiananmen. Personen unter Panzern. Eindeutiger als das, was in den USA gerade geschah. Da waren es die berittenen Polizisten. Und das Tränengas. Aber der Einsatz von Militär war angedroht worden. Die Regierungen gegen ihre Bürger und Bürgerinnen. Die Einzelnen ausgeliefert und ohne Panzer. Viele Demonstranten in den USA gingen mit entblößtem Oberkörper der Polizei entgegen. Heldische Nacktheit. So war das in der Kunstgeschichte genannt worden. Das hatte sie anhand der Schinkel'schen Schlossbrücke in Berlin im Kunstgeschichtestudium gelernt. Und wie passend. Die Brücke war noch nicht fertig gewesen. Eine hölzerne Notbrücke. Da musste der Brautzug von Friedrich Wilhem IV. unbedingt drüberfahren. 22 Personen kamen dabei ums Leben. Das Gedränge. Panik. Keine Todes-

anzeigen aus Rücksicht auf die fürstliche Braut. Betty musste an Melania Trump denken. Und wie die ihre Lippen nicht auseinanderbekam, ein Lächeln zu produzieren. Und wie Trump sie mit der Hand stupst, damit sie lächle. Und sie es nicht tut. Oder nicht fertig bringt. Die fürstliche Braut. Und Trump sehr väterlich, sie zum Lächeln bewegen will. Und war das alles, was die Demokratie erreichen konnte. Es gab zumindest keine Toten mehr, wenn der Fürst die Straße überqueren will, weil es zu unpassender Berichterstattung führen könnte.

Betty kannte dieses an der Hand stupsen. Ihr zweiter Mann hatte das so gemacht. Es war ein Erziehungsstupser gewesen. Eine Aufforderung, sich freundlicher zu verhalten. Seine Hand hatte ihre umschlossene Hand ein wenig geschwenkt. Ein wenig gezerrt. Das war eine Sprache gewesen. Das Händehalten. Innigkeit. Dankbarkeit. Lust. Ärger. Immer war ihre Hand anders in seiner gehalten gewesen. Es war seine Sprache gewesen. Sie hatte sich eher an ihn gelehnt. Sich von ihm entfernt gehalten. Sich neben ihm gefühlt. An ihn gedrückt. Aber so war das ja gewesen. Er war für sie alles gewesen. Sie für ihn eine Abteilung in seinem Leben. Und es war ganz richtig gewesen. Damals. Als sie die Bilder von Tiananmen gesehen hatte. Sie war allein in Wien gesessen. Sie hatten einander gerade wieder getroffen gehabt. Es war alles in der Schwebe. Köstliche Erwartung war das gewesen. Mit den Bildern aber. Es war die Ahnung aufgestiegen. Eine Ahnung, die an den Rand geschoben werden hatte müssen. Eigentlich. Es war ein Wissen gewesen. Sie hatte es zu einer Ahnung degradiert, damit sie ihr Leben bekommen konnte. Sie hatte gewusst. Und im Herbst bei der Deutschen Wiedervereinigung. Sie hatte es gewusst. Die Welt. Es gab keinen Platz für eine Liebesgeschichte. Es hatte keinen Platz für eine große Geschichte gegeben. Der Strom der Geschichte. Es war ja doch eine Art Schachspiel. Jeder und jede war von ihrem angestammten Platz verschoben worden. Jeder und jede war migriert worden. Ohne sich bewegen zu müssen, waren alle in innere Migrationen gestürzt worden und konnten deshalb die reale Migration nicht ertragen. Restrukturierung hatte das in den 60er Jahren geheißen. Konzentration. Es mussten ja nur die Nachbarschaften verändert werden, und jede Person musste sich neu zurechtfinden. Als Belohnung war die Individualisierung verteilt worden. Jeder und jede allein mit sich und stolz darauf zu funktionieren. Es geschafft zu haben. Überlebt. Und jetzt das auch noch verloren.

Betty ging schon in der Gersthofer Straße. Da war das Geschäft einer Handschuhmacherin gewesen. Die alte G. hatte ihr das gezeigt. Die Handschuhe. Es war eine solche Vielzahl gewesen. Glatte Handschuhe. Handschuhe mit Abnähern. Mit Maschen. Mit kleinen Schnallen. Lange Handschuhe. Knappe Handschuhe. Autohandschuhe. Sommerhandschuhe. Gefütterte Winterhandschuhe. Spitzenhandschuhe. Baumwollene Handschuhe. Gestrickte Handschuhe. Fäustlinge. Fingerlose Handschuhe. In allen Farben. Dickes Leder. Sämischleder. Dünnes Leder. Das war so lange her. Das war in den frühen 90ern gewesen. Die letzten handgemachten Handschuhe. Und jetzt war sie dran. Die letzten selbstgemachten Texte. Betty war sicher, die Maschinen würden die korrekteren Romane schreiben. Die würden alles zusammenfassen und einen Durchschnitt davon herstellen. Für die Personen, die nicht von Panzern aller Art überrollt worden waren. Für die würde das reichen müssen. Es waren ja die Übriggebliebenen, die weiterlebten. Die. Betty. Einen Augenblick bekam sie keine Luft. Die Vorstellung von all dem Leid. Dem Erleiden. Dem Sterben daran. Die Zurückgebliebenen. Wie diese Zufügungen immerwährend ihr Gift ausschwitzten. Das Gift der Tat tropfen ließen. Wie das sickerte. Eindrang. Stetig. Und sich den Platz nahm.

Beim Bäcker. Betty musste Kuchen kaufen. Sie hatte Helene eingeladen. Die erste Einladung. Die erste Gästin in der Wohnung. Betty musste noch aufräumen. Die Gymnastikmatte wegräumen. Den Couchtisch vor die Couch. Zurück auf Punkt eins, dachte Betty. Sie hatte nicht viel von Helene gehört. Die lebte wieder in Hietzing. Im lockdown war das viel zu weit entfernt gewesen, einander auf der Straße zu treffen. Aber Helene war eine von den ewigen Freundinnen. Sie sahen einander auch sonst nicht so oft. Aber sie mussten einander sehen. Anschauen. Wegen des Älterwerdens. Mit Helene. Da konnte sie die Veränderungen an sich feststellen. Helene war ihre Kontrollgruppe. Es war schön, dass Helene zu ihr kam. Aber es war anstrengend, sich aus der Alleinheit herauszureißen. Betty hätte einen Kuchen backen müssen. Das war Tradition. Ein selbstgebackener Kuchen. Helene war für ihre Sachertorte berühmt. Betty für ihre Brandteigkrapferln. Und die waren kein Aufwand. Das kostete eine halbe Stunde. Allerhöchstens. Aber trotz der Freude. Betty konnte sich nicht dazu bringen, diese Brandteigkrapferln zu machen. Sie ging in die Bäckerei. Da gab es Himbeertörtchen. Das musste reichen.

Beim Bäcker. Betty war nicht sicher, ob sie die Maske noch aufsetzen sollte. Sie stand vor dem Geschäft. Die Türen waren schon aufgeglitten. Sie hielt die Maske in der Hand. Unschlüssig. Eine Männerstimme sagte, «Noch ist es Vorschrift.» Es war Fritz Keller. Er stand hinter ihr angestellt. «Aber wir dürfen drinnen dann schon wieder Kaffee trinken.» sagte Betty. Der Mann nickte. «Und das machen wir auch.» sagte er.

Episode 7.

9. Juni 2020. Wien.

Betty schrieb einen Brief.

»Dear Melania,

June 5th I saw you standing with your husband, the president of the United States of America at this catholic shrine in Washington. He held you by the hand and told you out of the corner of his mouth to smile and you, hidden behind the largest sunglasses I ever saw, could not do it. Your husband shook your hand encouragingly but then led you towards the statue of John Paul II and you both turned us your backs.

I do not know if you were raised catholic. Your Wikipedia bio suggests that. So perhaps this visit had a spcial meaning for you and you knew that you condoned in the abuse of this shrine. But anyway. You stood there frozen and unresponsive and though your husband's demeanor was more fatherly than aggressive you were forced to perform for him.

I wanted you to know that you can leave your husband at any time even if he is the president of the United States of America. No woman should be forced to stand by her man to unwillingly smile in front of tv cameras even if she lives in the White House. When I heard the sum your husband shells out for a wall around the White House I thought of all the fairy tales where husbands or fathers throw their daughters or wives into windowless towers to keep them for themselves. I thought that perhaps that is the deeper reason for your husband's wish to change the White House into a military compound. So please. Give us a sign and we all come to your rescue.

You could write your cry for help on the back of your parka or start talking into a microphon during a live tv event. Please be sure we shall all be immediately at your side.

Alle the best

yours

Betty Andover

Episode 8.

10. Juni 2020. Wien.

Wie war das nun mit den Masken. Betty stand im Baumarkt. Betty hatte einen neuen Duschkopf gebraucht. An der Kassa. Hinter ihr. Eine Frau stand da. Sie trug keine Maske. Ihr Sohn. Der Bub trug eine Maske. Er schaute zu Boden. Die Frau. Die Mutter? Sie schaute geradeaus. Betty wollte sie fragen, warum sie keine Maske trug. Aber sie fragte nicht. Es hätte sie interessiert, aber sie hatte keine Lust auf eine Auseinandersetzung. Es war zu spüren, dass es eine scharfe Antwort geben würde. Die Frau hielt sich nicht an die Vorgaben. Sie würde sich mit Angriff verteidigen, und Betty hatte keine Lust, sich als Duckmäuserin beschimpfen zu lassen. Es war ihr auch nicht so wichtig. Sie hatte ihre Maske ja auf. Die Frau konnte Viren spuken so viel sie wollte. Im Auto dann. Betty suchte doch gleich das Desinfektionsgel aus dem Necessaire und rieb sich die Hände gründlich ein.

Es regnete leicht. Betty saß im Auto und schaute auf die Straße und den Baumarkt dahinter. Betty parkte auf dem Parkplatz für den Merkur und ging von da zum Baumarkt. Der Autoverkehr war wieder auf vollen Touren. Lastwagen. Lieferwagen. Tankwagen. Baufahrzeuge. SUVs. PKWs. In steter Folge rollten die Fahrzeuge um den Kreisverkehr. Betty legte ihre Maske auf den Beifahrersitz. Die WHO hatte berichtet, dass am Vortag die höchste Ziffer an Neuinfektionen bisher gemeldet worden war. 400.000 Tote. 7 Millionen Kranke. Der Wind jagte einen Regenschauer über das Auto hin. Es war absurd. Betty starrte hinaus. Hier. Die Frau ohne Maske. Der Bub, der sich für sie geniert hatte. Aber alles gleichgültig. Irgendwie. Es hatte niemand Einspruch erhoben. Alle hatten dieses maskenlose Gesicht übersehen. Nicht zur Kenntnis genommen. Und was hieß das. Wenn sie nun doch krank würde. War eine da schon zurückgelassen. Betty lehnte sich gegen das Lenkrad. Sie. Sie hätte sich ohnehin immer schuldig gefühlt. Sie hätte es sich selbst angerechnet, wenn sie krank geworden wäre. Und war es diese dauernde Erwartung ihres eigenen Versagens? War es die Überdehnung in dieser Erwartung? War es, weil es dann nicht eintrat? War sie sogar enttäuscht, nun an dem Drama nicht mitbeteiligt gewesen zu sein? War das der neue Vorwurf? Und war sie deshalb so? Wie? Lebensmüde? Sollte sie diese Müdigkeit so nennen? Diese Müdigkeit? Das war ein Zerfallen. Sanft. Stetig. Ein Auseinandergleiten. Driften. Sich nicht mehr selber in Sicht. Und keine Zukunft. Sie konnte sich nur noch den nächsten Tag vorstellen. Weiter nicht. Keine Pläne. Keine Vorhaben. Dann musste Betty aber wieder lachen. Das Ganze. Das war ein riesiger Pensionsschock. Eine unverhofft eintretende Aufhebung allen tätigen Lebens. Keine Möglichkeit einer Teilnahme. Wieder trieb der Wind einen Regenschauer über das Auto hin.

Betty lehnte sich zurück. Das war ein Muster. In den letzten Wochen war das ein Muster geworden. Der vollkommene Zusammenbruch des Lebenswillens. Eine sanfte Berg-und-Talbahn war ihr Leben geworden. Dann musste Betty sich aufsetzen. Starten. Losfahren. War das Trauer? War das ihre Reaktion auf die Verluste? Ihre Reaktion darauf, was sie nun alles versäumt hatte? Die Spätfolgen ihrer lockdown-Beraubungen? War es nun doch so wichtig, gesehen worden zu sein? War dieses so vollkommen abgeschnitten leben zu müssen? Nicht einmal Gefängniswärter? Wärterinnen? Musste sie zur Kenntnis nehmen, dass ihr Gewissen kein Ersatz für andere Personen war?

Musste sie zugeben, von anderen Personen abhängig zu sein? Musste sie sich wünschen, mit Fritz Keller bald wieder beim Bäcker Kaffee zu trinken? Ging es um das Dasitzen mit einer anderen Person? Und war das nicht ungerecht? Es gab im lockdown neue Freundschaften. Ihr Wochenende war mit zoom-Konferenzen belegt. Freitag hatte sie Abendessen mit Freundin A. Samstagabend ein Treffen mit Freund K. und spät in der Nacht mit den Freunden in New York. Auf zoom. Alle diese Personen sah sie öfter als früher. Sie nahm am Alltäglichen teil. Tratschte. Wusste Kleinigkeiten. Und trotzdem. Mit Freundin E. im Garten sitzen. Weit auseinander. Aber da. Betty bog beim Kreisverkehr nach Kritzendorf ab. Sie wollte nicht nach Hause. Fernweh. Das war Fernweh, das so nervös machte. Das drehende Gefühl hinter dem Nabel. Es war das Verlangen nach Losfahren. Wegfahren. In den Süden fahren. Sich in den Süden stürzen. Oder in den Norden aufbrechen. Auf der Landkarte hinauf fahren. Hinunter. Nach Paris wäre sie geflogen. In Paris die Wohnung leer. In Paris. Betty hatte sich diesen Mythos ausgeborgt gehabt. Betty war nach Paris gereist, um schwierige Texte zu schreiben. Betty hatte sich vorgestellt, hinter den Fenstern in der Rue de la Seine. Hinter jedem Fenster da säße auch eine Person wie sie und ringe mit der Sprache um die Wahrheit. Betty war nach Paris gereist, sich dieser Phantasie zu versichern und die eigene Anstrengung damit zu verbrämen. In Paris wurde ihr das Intellektuelle zu einer Selbstverständlichkeit. In Italien wurde das Leben lebendiger. In den USA. Aber daran durfte sie gar nicht denken. Oder London. Alles versperrt. Obwohl. Betty wusste. Wie alle anderen auch. Wenn eine wollte, dann konnte man oder frau schon reisen. In Europa ging das. Aber wenn Betty sich die Rituale für die Einreise in die USA vorstellte. Wie da herumgeschrien wurde. Und nun auch noch Gesundheitsfragen. Sie war einmal weggeführt worden. Das war eine dieser Geschichten, die sie immer wieder erzählte, weil jeder und jede eine Einreisegeschichte in die USA zu erzählen hatte. Sie. Auf dieser Einreisepolizeiwache. Sie hatte sich auf eine Bank setzen müssen, und es war ihr bedeutet worden, dass sie sich nicht von der Stelle bewegen dürfe. Sie war lange gesessen. Sie war so lange gesessen, dass sie ihren Koffer schon auf die Seite gestellt gefunden hatte. Sie hatte ihren Pass dann zurückbekommen. Sie hatte gewusst, dass die Angestellte der Universität in Tucson etwas in ihrem Akt nicht gelöscht hatte. Das war jedesmal bei der Einreise ein Problem. Dieses eine Mal hatte der Beamte sie einfach weitergereicht. Betty hatte sich nicht wirklich gefürchtet. Aber die staatliche Macht war ihr nachdrücklich entgegengetreten. Während des Wartens. Es war Chaos rund um sie gewesen. Die Polizisten und Polizistinnen waren ratlos aus einem Raum zur Rechten gelaufen gekommen und wieder zurück geeilt. Aus den Gesprächsfetzen hatte Betty dann herausgehört, dass eine Frau mit 30 Katzen in die USA einreisen wollte. Die Frau hatte alle medizinischen Dokumente für diese Katzen. Betty hatte dann versucht, einen Blick in diesen Raum rechts zu werfen. Betty hatte sehen wollen, wie diese Katzen transportiert worden waren. Wie viele Katzentragecontainer waren das gewesen? Wie hatte die Frau diese Container transportiert? Betty hatte eine Frau gekannt, die im Stadtpark lebte und ihre Habe in vielen gelben Billa-Plastiksäcken bei sich gehabt hatte. Diese Frau trug die Plastiksäcke an die Ecke. Stapelte sie da. Und trug sie bis zum nächsten Punkt, an dem sie abbiegen wollte. Betty hatte dieser Frau Camembert gebracht. Eine zeitlang hatte diese Frau im Stadtpark gelebt und auf Bettys Frage, ob sie ihr helfen könne, um Camembert gebeten. Die Frau mit den Katzen hatte Betty dann nicht zu Gesicht bekommen. Beim Gang zu dem erhöhten Pult, hinter dem der Polizist stand, der ihr den Pass zurückgab. Betty hatte in das Zimmer sehen können. Aber sie hatte nur die blauuniformierten Rücken der Polizisten und Polizistinnen da gesehen. Es waren alle in diesen Raum gegangen, die Katzen anzuschauen. Aber policing. Das war ein Gefühl über den ganzen Körper gewesen. Das war Verfügung über die Haut gewesen. Und war es das Ineinanderfallen von lockdown und diesem Polizei-Gefühl, das die Proteste beflügelte? War die Haut im lockdown dieselbe Haut der Polizei gegenüber? War das das Wissen? Erkenntnis? Diese eine Haut und ausgeliefert? Gleichgültig welche Farbe diese Haut hatte? War der Coronavirus doch ein Gleichmacher?

Betty ging dann in Kritzendorf den langen Weg an der Donau. Sie kletterte den Abbruch der Wiese zum Donaustrand hinunter. Sie saß und schaute dem Wasser zu. Sah dem Wasser beim Fließen zu. Sie musste sich bemühen, ihr Leben in so ein Fließen zu bringen. In so ein Insgesamt zu kommen. Sie traf doch Personen. Sie war mit Helene zusammengesessen. Keine hatte eines der Himbeertörtchen gegessen. Betty hatte die Törtchen einfrieren müssen. Helene hatte keine Süßigkeiten gewollt. Sie müsse ihre Figur behalten, hatte Helene gelächelt. Ihre Enkelkinder erwarteten das. Die machten sich schreckliche Sorgen um sie. Wegen des Virus. Helene hatte den Mund verzogen. In gewisser Weise hätten diese Enkel ja alle Widrigkeiten mit der Schule und dem homeschooling ihretwegen zu ertragen gehabt. Helene hatte gelacht. Sie sei schließlich Risikogruppe. Betty habe dieses Ziel noch nicht erreicht, aber sie. Helene. Sie müsse die Verantwortung übernehmen. Helene hatte geseufzt und gelächelt. So sei das eben. Mit Kindern. Immer derselbe Stress der Verantwortung und Rücksichtnahme. Betty hatte genickt. Ja, so sei das, hatten sie gelacht, und die Himbeertörtchen waren stehengeblieben. Helene war eine glückliche Person. Am Ende nun. Sie war doch ins Haus ihres Vaters zurück eingezogen. Sie hatte auch seinen Namen wieder angenommen. Helene hatte nicht wie ihre Ehemänner heißen wollen. Helene war auch zweimal verheiratet gewesen wie Betty. Helene hatte gelächelt. Sie habe sich als Beraterin in der Frauenberatung ja bemüht gutzumachen, was Männer wie ihr Vater verursacht hatten. Helenes Vater war Gerichtspräsident gewesen. Er war alle Zeit hindurch eine Stimme für Strafverschärfungen geblieben und hatte die ÖVP beraten. Er hatte Helene dafür verantwortlich gemacht, dass ihr erster Mann sie verlassen hatte. Helene erzählte auch wieder lachend, dass ihr der Bruch mit ihren Eltern leicht gemacht worden war. Diese Arbeit war ihr von ihrem Vater abgenommen worden. Im Nachhinein. Sie müsse dankbar sein, sagte Helene immer. Dafür, dass sie verstoßen worden sei. Damit habe sie sich sehr viel Zeit erspart, sich von ihren Eltern abzulösen. Und am Ende habe ihr Vater immerhin das Haus nicht seiner zweiten Frau vererbt, sondern ihr. Das Haus hatte eigentlich Helenes Mutter gehört. Helenes Mutter war bald nach dem Bruch mit Helene an Leberkrebs gestorben. «Sie sind Mörder.» hatte Helene gesagt und ihren Vater gemeint.

Betty saß an der Donau. Verstand sie ihre Eltern jetzt besser? Mit der Erfahrung dieser Krise? Betty sprang auf und kletterte auf die Wiese hinauf zurück. Sie ging. Nein. Sie wollte nicht in solch seichte Vergleiche geraten. Sie konnte sich kein Beispiel nehmen. Es wäre zu einfach. Das war eine neue Zeit. Neue Zeit. Das Fernweh breitete sich gleich wieder aus. Überfiel sie. Fiel sie an.

Eine Gruppe kam ihr entgegen. Ältere Personen. Nordic walking. Die ersten, die vorbeigingen, bewegten die Stöcke resolut. Die Langsameren ließen die Stöcke hängen. Schliffen sie mit sich. Betty war am Rand des Wegs stehen geblieben. Ließ die

Personen vorbeigehen. Sie war so weit wie möglich in die Wiese gestiegen. An die Brennesselstauden heran. Die Wanderer. Frauen. Bunt für den Sport angezogen. Alle machten distancing. Grüßten. Lächelten. Am Ende. Weit hinter den anderen. Eine Frau mit dem einzigen Mann der Gruppe. Die Frau redete. Schaute auf den Mann hinüber. Ging neben ihm. Nah an ihm. Diese Frau ging nicht auf die andere Seite des Wegs hinüber. Sie trat nicht hinter oder vor diesen Mann. Der ging so vor sich hin. Die Frau wollte ihre Position neben ihm nicht aufgeben. Er antwortete nichts. Wahrscheinlich gab es eine wilde Konkurrenz um diesen einen Mann in der Gruppe. Betty verdrehte die Augen. Sollte sie etwas zu dieser Frau sagen. Aber dann ging Betty einfach los. Sie wandte sich ab. Hielt den Atem an. Sie ging fünf Schritte. Dann begann sie zu laufen. Wie war das nun mit den Aerosolen? Wenn eine große Gruppe da entlangschlich und vor sich hinatmete? War sie in eine Viruswolke geraten? Betty lief zum Auto zurück. Sie kaufte in dem kleinen Geschäft beim Strombad Kritzendorf Wasser und trank die Flasche aus. Das war der Rat am Anfang gewesen. Jede Viertelstunde Wasser zu trinken und den Virus so in den Magen zu schaffen. Zur Vernichtung. Schon wieder zurück auf Punkt eins, dachte Betty. Im Auto. Sie schrieb Helene eine SMS. Madeline hatte angerufen und wünschte sich einen Besuch. Sie konnten sich im Café Prückl treffen. Im Schanigarten. Madeline war ja nun wirklich Risikogruppe.

Beim Warten vor der Ampel beim Altersheim der Barmherzigen Brüder. Betty musste laut lachen. Es war wegen des Geruchs gewesen. Es war wegen des Schweißgeruchs gewesen. Sie hatte diese Frau angefaucht, weil ihr die so nahe gekommen war, dass Betty diese Frau riechen hatte müssen. Und das gab es nicht mehr. Betty wusste plötzlich, warum sie das Gefühl hatte, eine Plexiglaswand zwischen sich und den anderen zu haben. Warum sie nie das Gefühl bekam, in Verbindung mit den anderen zu treten. Es war der Abstand. Und im Freien. Sie kam gar niemandem mehr nahe, die Person zu riechen. Ihre Welt überhaupt. Mit der Zurückgezogenheit. Es gab kaum Gerüche, und die Maske tat ein Übriges. Schwamm sie deshalb so erinnerungslos in sich? Beim Durchfahren der einspurigen Stelle nach dem Altersheim. Betty verstand ihren Ausbruch dieser Frau gegenüber. Diese Frau an der Donau. Sie war zu nahe gekommen. Betty überlegte. In der New York Times waren Zeichnungen gewesen, wie es möglich wäre, einander zu umarmen ohne den Virus zu übertragen. Sie sollte das befolgen. Zur Umarmung als Begrüßung zurückkehren. Die anderen Personen erschnuppern. Gesicht von Gesicht abgewandt, aber einander in den Armen liegend. «Scheiße!» reif Betty laut vor sich hin.

Episode 9.

15. Juni 2020. Wien.

Betty las im Guardian die Frage, ob «The Apartment» Billy Wilders bester Film sei. Betty klickte den Guardian weg. She was disgusted. Betty dachte das auf Englisch. «Disgusted.» Bei diesem Wort machte sich ihr die entsprechende Mimik von selber. Bei «disgusted» zogen sich ihre Augenbrauchen von selbst zusammen, und die Mundwinkel bogen sich nach unten. «Angewidert.» Betty schaute auf Google nach. Angewidert, das fiel ihr nicht ein. Weder der transitive Gebrauch. Auch nicht die passive Form. Angewidert kam in ihrem Sprachgebrauch nicht vor. Sie hatte es mit disgusted ersetzt. «Ich bin angewidert.» drückte ihr nicht das aus, was «I am disgusted.» bedeutete. Das war so eine insgesamte Enttäuschung, die sich da sagen ließ. Bei angewidert musste Betty an Ekel denken. Und Ekel war das nicht, was so ein Text hervorrief. Es war angewiderte Enttäuschung. Im Guardian. Da ging es um Black Lives Matter. Um die Symbolik von Denkmälern. Und Betty hätte gern mit dem Denkmal von Josef Weinheber auf dem Schillerplatz begonnen. Sie hatte überlegt, das Abschleppseil aus dem Kofferraum zu nehmen und um den Sockel dieses Denkmals zu schlingen und dann zu ziehen. Sie hätte alle Vorbeikommenden auffordern wollen, ihr zu helfen, dieses Denkmal zu stürzen. Ihr beim Umsturz zu helfen. Weinheber war ein Lieblingsdichter ihres Vaters gewesen. Betty würde diesem Mann die Bezeichnung «Dichter» nicht zukommen lassen wollen. Dichter. Das war Büchner. Oder Schiller. Aber doch kein Schreibbüttel der Nazis, der die Nazi-Verbrechen in hoher Sprache heroisch verklärte. Der damit selber ein Verbrecher war. Der jeden Leser in diese Verbrechen mitverwickelte. Hohe Sprache war dazu da, den Leser bewusstlos ins Gesprochene zu verwickeln. Leserinnen hatte Weinheber sich nicht vorstellen müssen. Bei seiner Rede 1944 zur Feier zum 75-Jahr-Jubiläum der Wiener Staatsoper. Da waren die Frauen schon nur mehr als Begleiterinnen dagesessen. Sie waren als die Leidtragenden dazu da, alle Schmerzen der Verluste und der Gräuel damals per Geschlecht zu verarbeiten. O. Wie sie sich die starren Gesichter vorstellen konnte, wenn der von den Nazis Dichter genannte Weinheber den Satz vortrug: «Wir erleben den Tod als Verklärung des Seins.» Beim Denken daran kam nun doch Ekel auf. Aber warum machten die im Guardian sich Gedanken über Billy Wilder. Billy Wilder war ein chauvinistischer Regisseur. Und ja, man konnte sich über sein Werk Gedanken machen. Aber doch nicht während diese Riesenwelle des Wunschs auf Emanzipation zu berichten war. Wenn mit Black Lives Matter das Begehren auf die volle Anerkennung gestellt wurde. Das war der Eintritt ins Demokratische, der da verlangt wurde. Betty hatte sich immer gewundert, warum dieses Begehren so bekämpft wurde. Bei allen Revolutionen hatte sie gedacht, die Revoltierenden müssten mit offenen Armen in die Demokratie empfangen werden. Deshalb war Betty immer noch über die Situation der Frauen in der Welt erstaunt. Das Verlangen nach Gleichberechtigung war doch eine Errungenschaft? Aber natürlich wunderte Betty sich längst nicht mehr. Es waren Artikel wie der über Billy Wilder, die diese Mauer gegen die Emanzipation immer wieder restaurierten. White supremacy drückte sich in einem Medium wie dem Guardian dann so aus. Die Kunst wurde vorgeschoben. Kultur. Man könne doch nicht so total alles umstürzen. Bei «Umstürzen». Betty zog sich an. Sie ging in die Garage. Holte das Seil aus dem Kofferraum ihres Autos. Sie wanderte zur Lange Gasse. Ging die Josefstädter Straße zum Parlament. Ging am Parlament vorbei. Das Abschleppseil. Grüne und gelbe Fäden waren zu einem Rautenmuster verwoben. An den Enden. Ein grüner und ein gelber Plastikhaken. Betty kehrte dem Goethe-Denkmal am Ring den Rücken zu. Ging auf das Schiller-Denkmal zu. Rechts davor. Im Schatten der Linden. Der Kopf Weinhebers und der Sockel des Denkmals freigelegt. Das war alles gewesen, was eine Inititiative gegen dieses Denkmal eines Nazis vor der Akademie der Bildenden Künste erreichen hatte können. Die Gemeinde Wien hatte sich zu keiner radikaleren Maßnahme durchringen können. Ließ den Sockel des Nazis ausgraben. Exponierte die Basis. Aber so subtil poetisch war wohl kaum eine Vorbeigängerin oder ein Vorbeigänger. Die würden sich nur wundern, warum diesem Denkmal ein so hässlicher Sockel zugedacht wurde. Es würde der Kopf geschüttelt und Weinheber bemitleidet werden. Wie bei Billy Wilder. Der Künstler würde seinen Auftritt gehabt haben. Wieder. Wieder einen Platz gehabt haben. Seine Meinung wieder verbreitet. Eingespeist. «Und so schlimm kann das doch nicht sein!» war der Normalsatz der Reaktion auf ihren Einwand. Betty schlang das Abschleppseil um den Sockel. Der Regen hatte das Gras in der Grube um den Sockel dicht und hellgrün aufschießen lassen. Der Boden weich. Betty sank ein wenig ein. Sie musste diesen Sockel umarmen. Einen Augenblick wieder Ekel. Dann verhakte sie die beiden Haken ineinander. Schlang den grünen Haken in den gelben. Betty ließ den gelben Haken obenauf. Sie mochte Gelb nicht. Dieser Mann sollte nichts Gutes bekommen. Betty trat zurück. Wenn jemand wollte, dann konnte er oder sie an diesem Seil ziehen.

Erst wollte Betty sich auf eine Bank setzen. Nachdenken. Ruhig werden. Sie war sehr schnell gegangen. Und sie konnte sich nirgends hineinsetzen. Sie hatte ihre Maske vergessen. Es würde gleich wieder regnen. Betty ging dann wieder davon. Die

Unruhe war wieder da. Wie würde das alles weitergehen. Betty hätte dieses Denkmal umstürzen wollen. Ganz praktisch und real. Die Unruhe. Es war diese Zukunftslosigkeit. Dieses Herumtorkeln aller. Niemand wusste, wie es weitergehen sollte. Die Wirtschaft war wieder einmal in der Krise. Aus der Geschichte Österreichs wusste Betty, dass das eigentlich der Normalzustand war. Immer war die Wirtschaft im Umbau und damit in der Krise. Es verstärkte die Unruhe, wenn eine wissen musste, wie sehr es von den Lenkungsmaßnahmen abhing, wem diese Krisen zu Geld verhalfen und wem nicht. Und diese Regierung. Der junge Kaiser hatte es zuerst mit dem Neoabsolutismus versuchen müssen. Der war nur durch die Größe der Wirtschaftskrise am Ende gezwungen gewesen, eine Verfassung zuzulassen. Betty hatte nicht das Gefühl, dieser Kurz wüsste etwas von der Geschichte. Es schien doch eher eine zwanghafte Wiederaufführung der Geschichte zu sein. Es war, als ob alle Erzählungen der Urgroßeltern und Großeltern nach Wiederholung in einer Person schrien. Dieser Kurz. Der war ein Medium der reaktionären Erzählung der Monarchie. Und selbstverständlich darin. Betty erinnerte sich, wie sie an dem Tag des Ibiza-Videos auf dem Ballhausplatz gestanden war und hinaufgeschaut hatte. Die Fenster Metternichs waren mit hellgraugrünen Jalousien dicht verschlossen gewesen. Da war niemand herausgetreten und hatte gesagt, «Leute. Ich bin genauso betrogen worden wie ihr. Laßt uns neu anfangen.» Da hatte sich der Hofklüngel wie damals verbarrikadiert und nur darüber nachgedacht, welche neue Schwindelei den größten Erfolg haben könnte. Und Billy Wilder. Der hatte seiner Exilgesellschaft Gastgeschenke gemacht. Und Weinheber. Der hatte den Nazi-Besatzern Gastgeschenke gemacht. Immer war es um die Aufnahme in die dominante Männergruppe gegangen. Immer waren es Menschenopfer gewesen, die dargebracht worden waren. Bei Weinheber in der Shoa und im Krieg. Bei Wilder in den Küchen und Schlafzimmern der Frauen, die weiter als kostbare Exotinnen «erobert» werden mussten. Territorium wurden. Immer Territorium. Betty ging zurück und gab dem Denkmalsockel einen Tritt. Das tat weh, und Betty musste vorsichtig auftreten. Das half kurz gegen die Wut.

Episode 10.

17. Juni 2020. Graz.

Er habe sich nur erholt, sagte der Mann am Nebentisch. Betty wollte nicht zuhören. Sie dachte, das distancing hätte auch zu einer diskreteren Situation führen können. Betty wollte nicht mehr hören, wie gut es nun allen gegangen wäre im lockdown. Totale Ruhe. Verlangsamung. Die Friseurin hatte davon geschwärmt, dass sie noch nie so lange mit ihrer Familie zusammen sein hätte können wie in diesen 7 Wochen. Betty überlegte, ob dieses Schönreden der Krise eine echte Reaktion war oder schon das Verdrängungsergebnis. Und war das nicht schon wieder diese katholische Vorgangsweise. Folter und Schmerzen wurden in Erlösung und gerettete Ewigkeit verwandelt. Betty war das immer als das größere Ereignis erschienen. Die Verwandlung des Brots in den Leib war gegen diese Ungeheuerlichkeit die leichteste Übung. Betty hatte sich immer fragen müssen, wie es die Seligkeit einer Person bedeuten konnte, wenn ihr die Brüste abgeschnitten wurden. Oder die Zunge herausgerissen. Oder die Augen mit glühenden Eisen verbrannt worden waren. Der Mann am Nebentisch, der sich so erholt hatte. Er war schon zwei Mal hinausgegangen und hatte vor der Tür geraucht. Nach dem zweiten Mal hatte ihm seine Frau ein kleines Häufchen Tabletten neben seine Teetasse gelegt gehabt. «Muss das sein?» hatte der Mann geseufzt und die Augen verdreht.

Betty musste dann gleich nach Wien zurück. Sie hatte auf einem der Grazer Märkte einkaufen wollen. Aber dann hatte sie doch zu lange geschlafen gehabt. Es war schön, durch die regenfrischen Wälder nach Wien zurückzufahren und auf die Mohnblüten in den Feldern hinauszuschauen.

In Wien fuhr Betty gleich zum Prückl. Sie setzte sich im Freien an einen Tisch und wartete. Sie wollte Helene im Café treffen und dann gemeinsam zu Madeline hinauf gehen. Helene hatte ihr erzählt, dass Madeline nicht mehr auf die Straße ginge. Madeline habe beschlossen, nicht mehr aus der Wohnung zu gehen. Helene hatte gemeint, dass der Virus es Madeline nun leicht gemacht habe, ihre Menschenscheu jetzt vollends ausleben zu können. Helene hatte sich besorgt angehört. Betty war nicht so besorgt. Madeline hatte schon so viel überlebt. Warum sollte eine sich nicht in die Wohnung zurückziehen. Madelines Wohnung war riesengroß. Fast das ganze dritte Stockwerk im Haus neben dem Prückl. Da konnte sie herumspazieren und auf die Bäume am Ring hinunterschauen. Obwohl. Diese Bäume hatten durch die Hitze der letzten Jahre sehr gelitten. Sie sahen dürftig aus. Betty schaute in den Himmel. Es würde wieder regnen. Jedenfalls hoffte sie das. Jeder Regentropfen war ein Segen. Betty hatte schon überlegt, bei Ö3 anzurufen und zu bitten, diese happy voices nicht mehr sagen zu lassen, dass es leider wieder keinen Sonnentag geben würde. Die taten da so, als könnte eine so einfach in ein Schwimmbad gehen. In den Schwimmbädern war distancing angesagt. Betty konnte sich nicht vorstellen, ins Wasser zu gehen, wenn sie vorher an der Kassa noch die Maske aufhaben hatte müssen. Spucken war erlaubt. Atmen nicht.

Helene war zu spät. Sie kam angehastet. Sie habe keinen Parkplatz gefunden. Während des lockdowns hatte es überall Parkplätze gegeben. Betty machte einen schmalen Mund. «Ja. Ja.» beeilte sich Helene. «Ich will nicht jammern. Aber es war wirklich ein Parkplatzparadies. Und wenn du aus Hietzing in die Stadt willst. Mit den Öffentlichen? Das mache ich lieber nicht.» Helene trank noch schnell einen kleinen Braunen. Bei Madeline sei nichts zu erwarten, sagte sie. Jedenfalls sicher nicht Kaffee. Madeline ginge nicht mehr in ihre Küche. Wovon Madeline sich ernähre, fragte Betty. «Lieferservice.» sagte Helene und zuckte mit den Achseln. Aber sie wäre jetzt auch schon lange nicht mehr da gewesen. Seit Weihnachten eigentlich. Da war der Jänner gewesen, und sie habe ihre Tochter in London besucht. Dann war sie mit den Kindern ihrer Wiener Tochter schifahren gewesen. Und dann hatte schon die Sache mit dem Virus begonnen. Sie mussten dann noch lange auf den Kellner warten. Helene winkte und winkte. Aber jeder Kellner im Prückl ließ sich beim Zahlen Zeit. Betty und Helene rätselten, ob das bei der Einschulung gelernt wurde oder ob der Raum das mit sich brachte. Helene nahm die Speisekarte und rechnete aus, was sie zu zahlen hatten. Sie legten das Geld auf den Tisch. Sofort kam der Kellner gelaufen, und sie mussten doch ein Trinkgeld dazu legen. Helene hatte darauf bestanden, kein Trinkgeld zu geben, wenn der Kellner nicht kassieren wollte. Betty musste lachen. Helene nahm es jeden Augenblick so genau. Helene war jeder Augenblick ihres Lebens so wichtig.

Vor der Tür zu Madlines Wohnung war es Betty plötzlich unheimlich. Helenes Erzählung ließ sie Böses ahnen. Helene musste ein zweites Mal läuten. Sie horchten beide. Betty hatte schon das Schlimmste vor Augen, da ging die Tür auf. Madeline stand da. Madeline trug ein Herrenhemd und sonst nichts. Ihre langen, immer noch blonden Haare hingen ihr offen über den Rücken. «Da seid ihr ja.» lachte sie. «Kommt herein und wundert euch nicht.»

Betty und Helene traten ein. «Ich habe alle Spiegel ins Vorzimmer getan.» sagte Madeline. An den Wänden des langgestreckten Vorzimmers hingen Spiegel in allen Größen. Am Ende des Gangs stand ein riesengroßer goldumrahmter Spiegel. «Ja.» nickte Madeline. «Da kann ich immer auf mich selber zugehen.»

Betty ging hinter Helene zur Salontür. Beim Gehen sprang das Spiegelbild in den verschiedenen Spiegeln auf. «Macht dich das nicht nervös?» fragte Helene.

«Das ist doch der Grund.» erwiderte Madeline. «Alle diese Spiegel waren in der Wohnung verteilt. In jeder Ecke und hinter jeder Tür war so ein Spiegel. Aber Spiegel. Die darf man doch nicht wegschmeißen. Und da habe ich es so gemacht. Ich habe mir gedacht, wenn alle Spiegelbilder in einem Raum beisammen sein müssen, dann bin ich dieses Doppelgängerinnenproblem los.»

«Welches Doppelgängerinnenproblem?» fragte Betty. Helene schüttelte den Kopf und deutete Betty, nichts mehr zu sagen. Aber Madeline hatte es gesehen und lachte. «Nein. Nein.» sagte sie zu Helene. «Mach dir keine Sorgen. Kommt hier herein.»

Betty war lange nicht bei Madeline zu Besuch gewesen. Bettys erster Mann war mit Madelines Bruder in einem Seminar auf der Universität gewesen. Bettys erster Mann hatte sich über Madelines Bruder lustig gemacht, aber er hatte sich einladen lassen. Madeline und ihr Bruder hatten damals gerade diese Wohnung geerbt gehabt. Sie hatten sich in diese Wohnung gesetzt und nichts verändert. Die Wohnung war dann so geblieben, wie die alte Tante der beiden sie ihnen hinterlassen hatte. Betty hatte erwartet, diese schon überfüllte Wohnung nun auch noch mit Madelines Habe vollgestopft zu finden. Der Salon war ein Schock. Das Zimmer war leer. Zwei graue Sofas standen einander gegenüber in der Mitte des Zimmers. Sonst war nichts da. Betty ging an die großen Fenster auf den Ring hinaus. Sie schüttelte den Kopf. «Ohne Einrichtung ist dieses Zimmer ja eine Reitschule.» sagte sie. «Ich kann euch den Schock ansehen.» kicherte Madeline und setzte sich auf das eine Sofa. Helene war in der Tür stehengeblieben. «Es ist genial.» rief sie aus. «Und das Tolle ist, dass du nichts sonst renoviert hast.» «Wer wollte denn alle Spuren beseitigen.» sagte Madeline.

Helene setzte sich auf das andere Sofa. «Und jetzt erzähl. Wie ist das alles?» Helene schaute sich um. «Wie ist das? Wie ist das gekommen? Ich habe gedacht, du bist. Also. Du bist ...» «Verkommen?» fragte Madeline. «Eigentlich sollte ich dir böse sein. Wenn du dir das gedacht hast, dann hättest du dich doch um mich kümmern müssen.» Helene machte schmale Lippen. Dann nickte sie. «Aber du hättest dich auch melden können.» sagte sie. Madeline zog die Schultern hoch. «Ich habe es auch nicht alleine geschafft.» Madeline zögerte. «Sie ist jetzt nicht da.» Madeline stand auf und ging zur Tür. Sie kam wieder zurück und setzte sich. «Ich bin eine scheußliche Person.» Das war eine Feststellung. Betty schaute vom Fenster her Madeline zu. Was war los? Hatte Madeline wieder einen lover? War Madeline wieder in eine von ihren krankhaft intensiven Geschichten verwickelt und hatte alles verkaufen müssen? Madeline hatte ihr ganzes Geld schon einmal an einen Liebhaber verloren? Ihr Bruder war an dieser Geschichte zugrunde gegangen. Betty hatte damals vermutet, dass dieser Mann ein Verhältnis mit Madeline und ihrem Bruder gehabt hatte. Zur selben Zeit. Der Gipfel der Dekadenz war das für Betty gewesen. Sie hatte Madeline dann über Helene wieder getroffen. Madeline war vollkommen verarmt nach Wien zurückgekommen und hatte diese Wohnung vermieten müssen. Sie selbst hatte im Dienstmädchenzimmer hinter der Küche gewohnt. Betty hatte nicht sehr viel Mitleid mit Madeline gehabt. Wie immer hatte sich noch eine Immobilie gefunden, die noch nicht verhökert worden war, und Madeline hatte ihr Leben ja doch bestreiten können. Helene hatte dieses weiche Herz für Madeline gehabt. Helene hatte immer gesagt, man müsse sich um Madeline Sorgen machen. Madeline wäre das, was auch aus ihnen allen werden hätte können. Madeline habe das schlimmstmögliche Schicksal einer Frau in Wien. Und es stimmte schon. Madeline war eine verstörte Person gewesen. Eine störende Person. Aber die Madeline, die da auf dem Sofa saß. Madeline saß in die Ecke des Sofas gelehnt. Sie hatte ihre Beine angezogen. Das weiße Herrenhemd ließ das Braun ihres Teints leuchten. Madelines Oberschenkel. Ihre Arme. Ihr Gesicht. Madeline war faltig. Aber elegant faltig. Die Falten längs von Madelines Wangen, den Armen, den Beinen. Diese Falten schienen das Gesicht und die Gliedmaßen zu verlängern. Betty dachte nach, wie alt Madeline nun eigentlich sein musste. Betty wollte fragen. Aber dann. Madeline holte tief Luft. «Also. Ich gestehe es euch.» sagte sie. Helene setzte sich auf. Betty ging an das Sofa. Madeline musste lachen. «Es ist immer noch komisch.» sagte sie. «Aber ich bin glücklich. Wisst ihr. Ich fühle mich. Also. Geheilt? Ja! Das ist das richtige Wort. Und ich kann euch sagen. Dass ich das noch so knapp vor dem Ende schaffe. Ja. Betty. Schau nicht so entsetzt. Ich bin alt, und mit diesem Virus ist der Gevatter Tod noch näher gekommen. Und wisst ihr. Ich habe dem die Verwandtschaft aufgesagt. Immer. Seit ich mich erinnern kann. Es war beruhigend. Selbstverständlich war das gewesen. Der Tod war ein Verwandter. Ich war immer mit dem Tod verwandt gewesen. Und jetzt. So knapp davor. Ich habe mich von dieser Verwandtschaft losgesagt. Ist das nicht seltsam.» Von draußen war das Geräusch der Wohnungstür zu hören. Eine Frauenstimme. «Ich bin daaaa!» wurde gerufen. Madeline stand auf. «Das ist sie.» sagte sie und strahlte. «Es ist die Ricki.» Madeline lief zur Zimmertür. «Hier sind wir.» Betty und Helene schauten einander verwundert an. «Ricki?» fragte Helene. «Ja.» sagte Madeline. «Meine Ricki.» Madeline verschwand kurz im Vorzimmer. Dann trat sie in den Salon zurück herein. Sie hielt eine Frau an der Hand. Madeline lachte. Sie schwenkte die Hand der anderen Frau. «Ich hoffe, ihr küsst euch nicht unten im Prückl.» sagte Helene. Betty verstand erst nicht. Madeline und Ricki schauten einander an. Dann brachen sie in Lachen aus. Das fiele ihnen nicht ein, prusteten sie. Da begriff Betty. Im Prückl war ein lesbisches Paar des Lokals verwiesen worden. Sie hatten einander geküsst und damit den Unmut der Besitzerin hervorgerufen. Weltweit war das in Zeitungen berichtet worden. Das war es also. Madeline und Ricki. Betty musste grinsen.

Episode 11.

22. Juni 2020. Wien.

Mit einem Mal. Es gab lange Zeiten vollkommener Gleichgültigkeit. Betty fand sich zu sich selbst sagen, es zahle sich nicht aus. Das war schon mit dem Essen so gewesen. Eine Zeitlang war das Essen als Ereignis ausgefallen. Jetzt. Diese innere Leere. Eine trockenfädig gedehnte Leere war das. Und nichts da. Nur die trockenen Fäden der Länge nach aufgespannt. Längs des Vergehens der Zeit hingedehnt. Betty musste dann sitzen. Schauen. Vor sich hinschauen. Den Fäden aus dem Kopf heraus nachschauen. Trocken staubig waren die. Wie der versprochene Husten. Entschleimt. Nichts mehr feucht. Oder warm. Trocken und Zimmertemperatur. Der Blick. Ihr Blick. Beim Schauen. Alles wurde ausgetrocknet und ohne eigene Wärme oder Kälte.

Betty hatte am Sonntagmorgen sofort in der New York Times nachgeschaut, was bei dieser Trump-Rallye in Tulsa am Samstagabend passiert war. Das Stattfinden selbst war ja schon eine Katastrophe. Die Frage war, ob diese Katastrophe gesteigert worden war. Terrorismus. Pandemie. Wogende Massen waren vorzustellen gewesen. Die waren nicht gekommen. Die Massen. Betty hatte das nicht beruhigen können. Im Gegenteil. Sie hatte sich gezwungen gesehen, sich die nun zu erwartenden neuen Schrecklichkeiten auszumalen. Im Sitzen. Im Ausmalen. Einen Augenblick lang wusste sie ganz genau, wie Krieg war. Wie die andauernde Beschäftigung mit dem Gegner sich in den eigenen Körper setzte. Wie das andauernde Überlegen sich um sich drehend im ganzen Körper ausgebreitet stattfand. Wie alle Muskeln sich diesem inneren Drehen anschlossen. Wie das Genick sich versteifte. Wie die Oberschenkel angespannt zu schmerzen begannen. Wie das Aufstehen nicht gut funktionierte. Ich bin besetzt, hatte Betty gedacht. Madenbefall, war ihr eingefallen. Die Schaubilder aus dem Biologiebuch. Wie die Trichinose da dargestellt gewesen war. Betty hatte sich zurückgelehnt. Sie war froh gewesen, dass es getrocknete Schleimfäden der Zeit waren, die sich in ihr ausgebreitet hatten. Wenigstens war sie kein Wirtstier. Wenigstens nur vertrocknet und staubig. Erst nach langem hatte sie lachen können. Es war das Motiv der alten Jungfer, das sich mit den staubigen Fäden maskierte. Darüber hatte Betty dann lachen müssen. Was bedeutete es, wenn sie sich selbst in diese überkommenen Motive führen ließ?

Aber das kam alles von diesem Anruf. Am Samstagnachmittag. Helmut P. hatte angerufen. Sie hatte seine Stimme sofort erkannt, obwohl sie nicht oft miteinander telefoniert hatten. Sie hatten überhaupt nicht viel miteinander zu tun gehabt. Helmut hatte ihr gleich nach den ersten beiden Verabredungen gesagt, dass sie ihm zu kompliziert vorkäme. Helmut P. war stolz darauf gewesen, ihr so ehrlich seine Meinung gesagt zu haben. Betty hatte ihm zugehört. Das war vor langer Zeit gewesen, aber sie konnte sich sehr gut erinnern, dass sie nichts dazu gesagt hatte. Leider, dachte sie jetzt. Sie hätte diesen Mann fragen müssen, wie er dazu gekommen wäre anzunehmen, sie hätte Interesse an ihm. Wie so oft. Sie hatte nichts gesagt. Ein solcher Vorfall. Das war so normal. Die Verfügung der Männer noch so unwidersprochen. Obwohl. Das waren schon die 90er Jahre gewesen. Zu Beginn der 90er Jahre musste das gewesen sein. Und Helmut P. hatte ihr auch diesmal eine Absage erteilt. Er müsse ihr mitteilen, hatte er da am Telefon gesagt. Hans K. sei tot. Sei gestorben. Und er wolle ihr das nur sagen, weil wir alle. Er hatte das noch besonders betont. Weil wir alle Hans K. ja gut gekannt hätten. Betty hatte nichts dazu sagen können. Sie hatte «Danke.» gesagt und aufgelegt.

Hans K. Der war älter gewesen als sie. Viel älter. Damals war das noch nicht aufgefallen. Da war sie sehr jung gewesen und er eben älter. Aber was hatte Hans K. diesem Helmut über ihre Geschichte erzählt gehabt. Der beißend böse Ton Helmuts. Strafend hatte das geklungen. Wahrscheinlich hatte Hans sich beklagt gehabt. Hatte erzählt, sie habe ihn verlassen. Und das hatte sie. Aber hatte Hans diesem Helmut erzählt, wie er sie bedroht hatte? Wie er sich über ihre Welt gelegt hatte? Alles beschwert. Alles schwierig gemacht. Ob sie mit ihm zusammenarbeiten wolle, hatte er sie gefragt, und sie hatte flüchten müssen. Es war zu sehen gewesen, wie sie in die zweite Reihe geraten würde. Sie kannte solche zusammenarbeitende Paare. Die Frau erhielt so einen Schimmer. Es wurde anerkennend über sie gesprochen. Aber in der Öffentlichkeit. Da war es der Mann, der angerufen wurde. Der die Aufträge erhielt. Der zu den Terminen ging. Betty hatte sich verschwinden gesehen. Verschwinden gemacht. Und dann war da der erste Übergriff. Hans hatte sie nur festgehalten. Sie nicht aus dem Sessel aufstehen gelassen. Er wolle eine Antwort. Er bestehe darauf. Müsse darauf bestehen. Und sie hatte genickt. Hatte nicken müssen. Sie war noch an diesem Tag weggegangen. Sie hatte es nicht erklärt und nicht erklären wollen. Sie hatte nur nicht mehr mit diesem Mann in einem Raum sein wollen. Sie hatte ihm nicht geantwortet und das Telefon aufgelegt. Wenn sie sich an das alles erinnerte, dann war schon klar, dass Hans sich schlecht behandelt fühlen hatte können. Aber es war ja gerade diese Sicherheit in der Beurteilung von allem, die sie vertrieben hatte. Wie hätte sie diesem Mann klar machen können, dass er sich allen Raum nahm. Keinen Platz gelassen hatte. Mit dem Niederhalten im

Sessel war das Realität geworden. Zu lebende Wirklichkeit. Und nur die Flucht. Es war ihr nur die Flucht geblieben. Sie hatte sich ersticken gefühlt. Die trockenen Fäden. Das war dieses Ersticken weitergesponnen. Betty war erstaunt, wie heftig diese Erinnerung auf sie eindrang. Es blieb nichts anderes übrig, als nach Laxenburg zu fahren und eine Runde im Park zu laufen. Betty lief aber die Prinz-Rudolf-Runde. Die Kaiserin-Sisi-Runde hätte sie zu passend gefunden.

Episode 12.

24. Juni 2020. Wien.

Betty war sehr früh aufgewacht und hatte sich ins Wohnzimmer gesetzt. Fiorentina und Irma saßen schon da. Fiorentina trug das Pepitakostüm. Irma war im weißen Edeljogger. «Pyjamaparty?» fragte Fiorentina. Betty lächelte. Sie nestelte sich in die Ecke des Sofas und umarmte den großen weißen Polster. Diesen Polster. Sie hatte den Überzug in Karlsruhe gekauft. Sie war an einem Einrichtungsgeschäft vorbeigekommen und hatte diese weißen Pölster in der Auslage gesehen. Weiß mit weißem Muster. Abgenähte Girlanden. Es hatte die Girlanden geschwungen gegeben und abgezirkelt eckig. Betty hatte die geschwungene Version gekauft. Gleich danach. Das Paket mit dem Polster lag im Kofferraum vor dem Haus. Sie hatten die Witwe eines Freunds ihres zweiten Manns besucht. Der hatte sich dieses Haus in Karlsruhe gebaut gehabt. Sein Testament war das gewesen. Ein quadratisches Grundstück. Das Haus hatte das Grundstück fast ganz ausgefüllt. Der Vorgarten reichte rund um das Haus. Das Haus dem Grundstück folgend auch quadratisch. Das untere Stockwerk ein großer Raum, und die Stiege ins Obergeschoß hinauf als Skulptur gedacht. Alles weiß. 80er Jahre, die sich an die 70er erinnern wollten, sich aber von den 60ern absetzten. Der 68er-Rebell zum Kulturmanager gewandelt. Blankes Weiß, aber kein Neubeginn. Die Witwe hatte ihren Mann gebeten, ein Bild für sie zu verkaufen. Sie wolle dieses Bild nicht. Habe es nie gewollt. Und das Geld sei für den Sohn. Betty war an die gläserne Wand zum Wald hin gegangen. Eine weißlederne Sitzgruppe. Und da waren zwei solche weiße Pölster gelegen, wie sie ihren gerade gekauft hatte. Aber die abgezirkelt-eckige Version. Betty hatte sich nicht gesetzt. Sie war stehengeblieben. Hatte hinausgeschaut. Es war kein Platz für eine Terrasse, aber man konnte die breiten Glastüren aufschieben und das Untergeschoß in eine Terrasse verwandeln. Betty hatte ganz genau gewusst, welche Partys da gefeiert worden waren. Sie hatte die Witwe sehen können, wie sie das Essen immer zu spät fertig gehabt hatte. Wie der Rotwein gekostet worden war. Wie die Männer an den weißen Mauern lehnend Politik gemacht hatten. Wie die Blicke der Männer über die Frauen hinstreifend einander eingeschätzt hatten. Wie die ersten Zweitfrauen aufgetaucht waren. Wie die Erstfrauen sich zu spät zusammengetan hatten. Wie die Zweitfrauen es dann gar nicht mehr notwendig gehabt hatten, sich bei den Erstfrauen beliebt zu machen. Wie die erste Fremde da mitgebracht worden war. Eine Fotokünstlerin aus der Ukraine. Wie die Erstfrauen erst krank geworden und die letzten Reserven der Abhängigkeiten ausgespielt worden waren. Diese Frau. Die Witwe. Sie war eine Erstfrau gewesen. Sie hatte ihren Mann überlebt, und nun lagen diese Pölster auf seiner weißledernen Couch. Es war gleich zu sehen gewesen, dass das geschmacklose Pölster waren. Betty hatte sich über sich geärgert. Warum hatte sie diesen Polster kaufen müssen? Aber es war genau so eine Vorstellung von Wohnzimmer gewesen, wie sie in diesem Haus in Karlsruhe ausgestellt war. Der Mann. Der Gründer einer Kunstakademie. Er hätte solche Pölster nie da liegen haben wollen. Die waren nachträglich gewesen. Die waren der Anteil der Witwe, die diese Pölster erst nach seinem Tod da hinlegen hatte können. Und mit dem eckigen Design. Die Pölster waren scheußlich. Wenigstens hatte sie das rundere Design gekauft gehabt. Aber damals. Beim Hinausschauen auf den Wald. Die weiße Couch im Rücken. Sie hatte gewusst, dass auch ihr Polster schon eine Nachträglichkeit gewesen war. Sie. Betty. Sie war schon eine der Zweitfrauen gewesen. Sehr viel jünger als ihr Mann. Eine Autorin aus Wien. Die alten Männer wären dagestanden. Mit ihrem Rotwein in der Hand. Schon nicht mehr wirklich interessiert. Die Drittfrauen wären auf der weißen Couch gesessen und hätten sich über alles lustig gemacht. Auf Russisch. Sie war ja dann auch ersetzt worden. Mit einer Studentin. Der scheußliche weiße Polster war ein Versuch gewesen zu entsprechen. Hilflos und gut gemeint war das gewesen. Deshalb mochte Betty diesen Polster. Sie hatte es gut gemeint gehabt. Sie hatte nichts verstanden gehabt. Es war nur um Eitelkeiten gegangen, was da Liebe genannt worden war. Auch von ihrer Seite. Und der Polster erinnerte sie daran, dass sie sich in diese Eitelkeiten verführen hatte lassen. Der Polster wusste, dass sie bereit gewesen war, sich auch an diese weißen Wände zu lehnen und Mittäterin zu werden.

«Mach dir nicht immer diese heftigen Vorwürfe.» sagte Irma. «Ich finde, die können gar nicht heftig genug sein.» warf Fiorentina ein. «Hallo!» rief Betty. «Es ist alles gut gegangen. Ich sitze hier allein und schuldlos. Immerhin!» Irma nickte. Fiorentina schüttelte den Kopf. «Das ist doch mehr Zufall. Diese Schuldlosigkeit. Oder?»

Episode 13.

29. Juni 2020. Wien. Immer noch.

«Abschied.» sagte Betty laut. «Abschied. Abschied. Abschied.» Sie saß auf dem Bänkchen in der Pawlatschen und schaute in die Baumwipfel hinaus. Die Linden blühten. Der Duft. Betty hatte alle Fenster zum Hof aufgerissen. Dieser Duft. Der würde ihr fehlen. Es war gegen Abend hin, und Betty war müde. Alles gemacht, fragte sie sich. Und warum fuhr sie nicht gleich? Der Küchenboden war aufgewaschen.

Es war das Bild von Joseph de Angelo gewesen. Betty hatte den Artikel im Guardian gelesen. Sie war aufgestanden. Hatte sich umgesehen. Sie hatte sich um sich gedreht. Mit ausgebreiteten Armen hatte sie eine Pirouette gemacht und hatte gleich mit dem Packen begonnen. Sie hatte alle Anrufe erledigt. Alles organisiert. Vorbereitet. In die Wege geleitet. Auf dem Bänkchen sitzend. Sie hatte den ganzen Tag nichts essen können. Wasser. Sie hatte nur Wasser getrunken und jetzt. Zum Lindenduft trank sie ein Glas Frizzante Rosé von einem Winzer am Bisamberg.

Bisamberg. Am Bisamberg. Da war der erste Sohn ihrer Schwiegermutter verschollen. In den letzten Kriegstagen. Der war noch einen Tag vor Kriegsende zu seiner Truppe zurückgekehrt. Der war kein Nazi gewesen. Im Gegenteil. Aber die Drohung des Erschießens. Und die Kameraden. Betty seufzte. Es wurde immer unterschätzt, was die Bindung an die Kameraden für Soldaten bedeutete. Diese Bindung. Das war deren Rettungsanker. Das war deren Erhalt ihrer Menschlichkeit. Das war eines von den Gefühlen, mit denen Personen verführt wurden, das Leben gegen sich selbst zu richten. Wie die Liebe zu einem Mann das für Frauen gewesen war. Und dieser Sohn. Ein liebevoller Mensch. Betty hatte sein Tagebuch gelesen. Nach dem Tod der Schwiegermutter. Das war die Mutter ihres ersten Ehemanns gewesen. Bisamberg. Die alte Frau hatte noch so viele Jahre später erschreckt vor Hoffnung aufgeschaut, wenn die Türglocke geläutet worden war. Der Leichnam dieses Sohns. Er war nie gefunden worden. War er in der Donau gelandet? Oder war er in einer Bombenexplosion zerrissen worden? In der Detonation einer Granate aufgelöst? Unter einem russischen Panzer im Schlamm begraben? Oder war er entkommen und lebte irgendwo unter neuem Namen und wollte vom alten Leben nichts wissen? Oder? War er von den Russen gefangen genommen, in einem Lager dort zugrunde gegangen? Oder lebte er in Russland und auf Russisch? Betty saß da und alles Verschollene. Es drängte gegen ihren Atem an. Trank sie nun Wein aus der Asche ihres Halbschwagers? Der. Er wäre mittlerweile mehr als hundert Jahre alt. Würde nicht mehr leben. Hätte den Lebensbogen abgeschlossen. Betty trank auf ihn. Sie trank auf diese Person, die als Schatten in ihrem Leben vorkam. Und wie viel wichtiger waren solche Schatten geworden als die Lebenden. Ihr erster Mann fiel ihr erst nach diesem verschollenen Sohn ein. Und war das nun ihre Versöhnung mit dem Leben? War das der Sohn in Versöhnung? Nein, dachte Betty. Das ist alles reine Bitternis.

Joseph de Angelo. In dem Artikel im Guardian waren alle Bezeichnungen angeführt. The Golden State Killer. The Original Night Stalker. The East Area Rapist. In den Jahren 1974 bis 1986. 14 Morde. 50 Vergewaltigungen. Das waren die Taten, die ihm nachgewiesen werden hatten können. Joseph de Angelo war Vietnam War Veteran. Die Frauenmorde und Vergewaltigungen waren der Preis dieses Kriegs, den die Frauen in Kalifornien für die Politik in Washington zu bezahlen gehabt hatten. Joseph de Angelo hatte nach seinem Kriegsdienst als police officer gearbeitet. Frau und drei Kinder. Es war die Abgleichung der DNA von damals in open resource DNA-Datenbänken, die zur Entdeckung von Joseph de Angelo als Täter geführt hatte. Wie war aber seine DNA in diese Datenbänke gekommen? Und plötzlich. Es war alles anrüchig. Die Entdeckung. Es sollte keinen Prozess geben. Um Geld zu sparen, sollte der Täter sich zu seinen Taten bekennen. Als Gegenleistung sollte es keine Todesstrafe für ihn geben. Aber wenn man ihm doch alles nachweisen konnte, wie sollte es da kein Urteil geben? Ein Geständnis. Wenn dieser Mann alle diese Taten begangen haben sollte. War das Geständnis dann nicht der Hohn selber? War das nicht die Krönung eines Täterlebens, die eigenen Taten unwidersprochen als Sprachaufnahme in ein Gerät diktieren zu können? Niemand. Keine Person sprach die Verurteilung mehr aus. Aus Geldmangel im Justizsystem? Keine Genugtuung? Keine Antwort der Gesellschaft auf die Taten? Antwortloser Triumph des Täters war das. Denn der. Der war nun alt. Auf den Bildern. Ein kahler Kopf. Altersfleckig. De Angelo. Der Todesengel. Es wurde ihm keine Reue abverlangt. Und er. Seine schreckliche Ernte. Gemordet in Vietnam. Gemordet in den USA. Er konnte sie einbringen. Unwidersprochen. Das Leid. Er hatte sein Leid vergesellschaftet. Verbreitet. Ausgesät. Betty musste an all die abgeschnittenen Leben denken. Hier wie dort. Was für eine Spur in der Welt sich diese eine Person nehmen hatte können. Und niemand gerettet vor dieser Person. Im Gegenteil. Dieser Mann war ja zum Töten ermächtigt gewesen. Der hatte den Krieg nur weiterbetrieben. Zu dem Bild dieses Manns. Betty war mit einem Mal von der ganzen Situation überfallen gewesen. In erstickender

Weise war das gewesen. Die ganze Welt ein Gefängnis. Der Virus. Die Welt in Virusinseln und virusfreie Inseln aufgeteilt. Verbindungslos. Die Männer in den Regierungspalästen. Eine Bande theoretischer Mörder und Vergewaltiger. Trump. Putin. Xi. Der polnische Präsident. Der brasilianische Präsident. Alle diese Männer, die in lockerroom talk ausgebildet worden waren. Sich ausgebildet hatten. Die wussten, wie die Formeln der Gewalt zu sprechen waren. «Grab them by the pussy.» Joseph de Angelo hatte das getan, was in diesem talk so in der Luft hing. Das Vergnügen an Gewalt. Und diesen Leuten war eine nun ausgeliefert. Dieser Virus. Ein anpassungsfähiger Kristall lieferte sie diesen Männern aus. Ihr Bundeskanzler. Ein schlecht ausgebildeter Kaplan aus der Monarchie. Kapläne mussten schlecht ausgebildet bleiben. Die Aristokratie hatte keine Aufsteiger auf irgendeinem Bischofssitz sehen mögen, und der Vatikan war immer der aristokratischen Meinung gewesen. Für diese immer schlecht Ausgebildeten. Die bekamen keinen lockerroom talk. Die bekamen die Hoffnung, eines Tages. Nach einem langen Leben der Anpassung und Unterwürfigkeit, diesen lockerroom talk überhaupt einmal lernen zu dürfen. An der Leichtigkeit der Macht im Zentrum teilnehmen zu dürfen. Zu dürfen. Betty musste schlucken. Nun. Jetzt. Sie fand sich unterworfener denn je, und das machte sie krank. Konnte sie krank machen. Und weil sie die Weltsituation nicht ändern konnte. Sie änderte ihr Leben.

Zuerst. Sie hatte die Hausverwaltung angerufen und angekündigt, eine Untermieterin aufzunehmen. Die Stiefnichte aus Frankfurt. Das war eine Stiefnichte ihres zweiten Manns gewesen. Betty war mit der Familie ihres zweiten Manns in gutem Einverständnis geblieben. Wie ja auch mit ihrer Schwiegermutter die Scheidung nicht zum Bruch geführt hatte. Im Gegenteil.

Ein wenig war das Betty immer seltsam vorgekommen. Aber dann hatte sie sich sagen müssen, dass die Familie des 19. Jahrhunderts in endgültiger Auflösung war. Solche Auflösungen. Betty hatte gelernt, dieses seltsame Gefühl hinzunehmen und alles neu beginnen. Die Freundschaft mit der Schwiegermutter. Das war eine der erfüllenden Beziehungen gewesen. Liebe. Auf eine besondere Art. Das war nicht so wie versprochen gewesen. Aber es hatte sich ja alles als eine einzige Verführung ins Falsche der Selbstaufgabe herausgestellt. Also würde diese Stiefnichte aus dem patchworking ihres Lebens die Wohnung übernehmen. Das half der. Die Stiefnichte begann eine Stelle am philosophischen Institut der Universität Wien. Betty hätte das nicht empfehlen können. Die Universität Wien war immer noch von den Folgen der Arisierung damals beschäftigt, und das drückte immer noch die akademische Qualität. Aber das kam davon, dass eine katholische Person eben von klein auf verlernte, Fragen zu stellen. Wie sollte da akademische Qualität entstehen, wenn die Neugier abtrainiert worden war. Sigmund Freud, der Erforscher der Neugier. Betty war in diesem Jahr das erste Mal seit langem nicht am 4. Juni zum Westbahnhof gegangen. Um an die Abreise von Sigmund Freud von Wien zu gedenken. In der Hygienehaft. Sie hatte dieses Datum vergessen gehabt. Es war ja nun sie, die eingesperrt worden war. Betty hatte sich gefragt. Angesichts des Bilds von Joseph de Angelo und allen anderen Bildern, die das ausgelöst hatten. Das hatte so weit geführt, dass sie sich wieder ein Schicksal des verschollenen Sohns vorstellen hatte müssen. Und was wäre gewesen, der wäre auch ein Verbrecher geworden? Und eine Rettung, dass keine Türglocke geläutet hatte? Im Krieg war er ja gewesen. Wie war das mit den heimgekehrten Mördern? Wie mit ihrem Vater? Was hatte das mit ihr gemacht? War diese Unruhe? Nein, sie durfte nicht nachdenken. Jetzt nicht. Das wollte sie später machen. Sie wollte irgendwo nachdenken. In Ruhe. In Fremdheit. Abgeschieden. Einsiedlerin. Sie wollte Einsiedlerin werden.

Betty hatte mit Fritz Keller ausgemacht, der Stiefnichte die Wohnungsschlüssel zu geben. Fritz Keller. Er hatte ihr bei den Kaffeetreffen gestanden, verheiratet zu sein. Aber nicht richtig, hatte er gemeint. Er lebe in Wien. Die Frau hatte nicht aus Gföhl weggewollt. Über die Jahre sei alles auseinandergerutscht. Aber die Kinder. Er halte die Illusion für die Kinder aufrecht. Er hatte sie scheu angelächelt. Beim Erzählen. Betty hatte lachen müssen. Sie hatte sich gleich vertraut mit ihm gefühlt. Wegen dieser Erzählung. Lebensvermeidung. Betty konnte viele Variationen dieses Themas anführen. Aber sie war erleichtert gewesen. Die Vertrautheit hatte es unmöglich gemacht, sich noch etwas Romantisches vorzustellen. Betty war von allen Phantasien auf diesen Mann befreit gewesen. Sie waren befreundet. Mittlerweile. Das war praktisch. Fritz würde sich um die Stiefnichte kümmern und sie seiner Tochter vorstellen. Die war an der Zeitgeschichte tätig.

Das Schlafzimmer. Betty hatte alle ihre persönlichen Dinge aus der ganzen Wohnung ins Schlafzimmer gestellt. Sie würde das Schlafzimmer versperren. Das Ehepaar von oben war doch wieder da. Sie konnte keiner Person diese Morgeninteraktionen zumuten. Betty war so glücklich gewesen. Ohne das Ehepaar von oben. Sie war am Morgen im Bett gelegen und hatte sich von der Welt angenehm getrennt fühlen können. Dann war aber das Ehepaar wieder zu hören gewesen. Warum die wieder da waren? Betty wollte es gar nicht wissen. Es passte. Es hatte sich nur das Falsche falscher gemacht. Mit der Coronakrise. Betty fand sich in ihrem Pessimismus nur bestätigt. Aber sie konnte diese junge Person nicht solche Töne hören lassen. Dieser

Kampf um die Dominanz. Der sadistische Mann. Die masochistische Frau. Und nach Lehrbuch. Es war die Masochistin, die das letzte Wort immer hatte. Jammerlaute waren das. Ein Greinen als Lebensäußerung. Betty hätte das nicht einen Morgen länger ertragen. Dieses Schlafzimmer. So lange das Ehepaar oben wohnte. Es gab keine Ruhe. Die Gewöhnung. Schon blöd, dachte Betty. Das Falsche bestätigte sich, das Richtige war mehr denn je in Frage gestellt.

Das Richtige. Betty wollte nach Norditalien fahren. Sie hatte einen hohen Geldbetrag abgehoben. Dazu hatte sie diese Abhebung anmelden müssen. Es war ihr gar nicht selbstverständlich erschienen, ihr eigenes Geld aus der Bank abholen zu können. Betty wollte sich verlieren. Sie hatte für einen Roman in der Po-Ebene lange recherchiert. Sie fand den Film, der zu dieser Recherche geführt hatte, richtiger denn je. «Il Grido.» Von Antonioni. Warum war es nicht möglich? Nicht möglich gewesen? Wäre dieser Film in die Politik eingeflossen. Wäre diese Erzählung vom Scheitern eines Manns an den Lügen der Welt ernst genommen worden. Hätte das zu politischen Veränderungen geführt. Hätten die Männer gelernt, dass sie immer nur Soldaten werden durften und die Eliten die Eliten geblieben waren. Hätten die Männer sich emanzipiert, wie sie es den Frauen abverlangt hatten, damit sie die nicht mehr erhalten mussten und, statt in der unauflöslichen Ehe festzusitzen, in wechselnde Sexualbeziehung abflattern konnten. Hätten die Männer wenigstens in den postfaschistischen Staaten begriffen, dass sie mit allen Familienrechtsreformen nur die faschistischen Vorstellungen vom Mann erfüllt bekamen. Ein Mann sollte der sein, der für den Staat töten muss, dafür aber mit allen Frauen belohnt wird. Der industrialisierte Mann. Der industrialisiert Tötende. Und ob das Umweltverbrechen der Industrie waren, die die Kinder im Leib der Frauen umbrachten, oder Serienkiller, die die Verfügung über die Frauen zu Ende führten. Es war das Elend des normalen Manns, das das Elend der Welt besorgte. Und was waren diese Trumps und Bolsonaros normale Männer. Es war genug. Betty wollte nie wieder eine Zeitung lesen. Betty seufzte. Der Duft der Linden. Diese Wohnung. Es war ein Abschied. Sie konnte sich nicht vorstellen, hier wieder zu wohnen. Das war traurig. Betty holte sich noch ein Glas Frizzante. Aber es war eine flache Traurigkeit. Es war nur ein kleines Losreissen notwendig. Und hatte sie genug Papier eingepackt. Zum Schreiben. Betty wollte wieder mit der Hand schreiben. Schreibschrift.

Betty hatte sich vorgenommen, sich selbst einen Reisebericht zu verfassen. Sie wusste ganz genau, welche Orte sie wieder besuchen wollte. Als Personen. Es gab nur Bruno aus Jolanda di Savoia. Bruno rief sie zu Silvester an und sie sprachen kurz. Seit sie diesen Mann vor Jahren kennengelernt hatte, rief er sie zu Silvester an. Letztes Silvester hatte er nicht angerufen. Betty wollte wissen, ob er noch lebte. Der Mann war krank gewesen. Das Geschwür in seinem Gesicht jedes Mal größer. Bruno hatte ihr sein Vogelsanktuarium gezeigt. Mitten in den überfluteten Reisfeldern rund um Jolanda hatte er ihr eine Stelle gezeigt. Die Zugvögel übernachteten hier, hatte er gesagt. Riesige Schwärme von Schwalben hielten hier Rast. Und während des Jahres. Hier gäbe es Vogelarten, die anderswo längst nicht mehr existierten. Betty dachte, sie würde diese Stelle auch allein wieder finden. Aber wenn Bruno noch lebte, dann konnten sie gemeinsam dahin fahren. Betty lächelte. Sie machte es doch wie ihre Bauerngroßmutter. Sie brach auf eine Wallfahrt auf. Die Großmutter. Sie hatte die beiden Großen Kriege mitgemacht. Sie war um ihr Erbe gebracht worden. Hatte mit 7 Jahren zu arbeiten beginnen müssen. Sie war mit ihrem Mann dann in die Stadt aufgebrochen. Fehlgeburten. Zwei Kinder. Ein winziges Siedlungshäuschen. Der Mann jahrelang an den Folgen einer Verschüttung als Soldat im Ersten Weltkrieg krank. Am Ende. Ihre Großmutter war an einer verpatzten Gallenopertion gestorben. Ihre Eltern hatten das hingenommen. Es war die Obrigkeit gewesen, die das verpatzt hatte. Betty seufzte. So lange Obrigkeiten von Entschuldigungen leben konnten. Das Gefühl, sehr schnell weg zu müssen stieg in Betty an. Als würde sie platzen. Draußen die Dämmerung fast zu Ende. Und die Nacht.

Es läutete an der Tür. Betty wollte erst nicht aufmachen. Sie saß still. Unbeweglich. Nach dem zweiten Läuten. Betty ging an die Tür. Mit dem Glas in der Hand machte sie auf. Sie hatte Fritz Keller erwartet. Wer sonst im Haus sollte an der Tür läuten. Ein fremder Mann stand da. Er schaute auf das Glas. Betty schaute fragend zurück. Es war irgendwie klar. Dieser Mann sprach nicht Deutsch. Der Mann lächelte entschuldigend. «Ich glaube, ich bin Ihnen aufgedrängt worden.» sagte er. «Frau Trileti hat mich angekündigt. Also sie heißt ja jetzt Vouvou. Ich wollte nicht stören, aber ich wollte mich vorstellen.»

Der Mann verbeugte sich leicht. Betty. Sie hatte sich gestört gefühlt. Dann musste sie über ihren Grant lachen. «Ich trinke gerade einen wunderbaren Frizzante vom Bisamberg. Wollen Sie ein Glas mit mir trinken. Es ist gerade Lindenduft. Und Sie müssen mir erzählen, woher sie Frau Trileti kennen und wie es ihr jetzt geht. Sie ist ja so schnell wieder abgereist, und ich konnte gar nichts mit ihr reden.» «Gerne.» sagte der Mann. «Ich weiß natürlich nicht, ob sie nicht lieber ein Glas Wasser? Ich habe gar nichts Nicht-Alkoholisches mehr im Haus.» sagte Betty. «Ich will morgen wegfahren.» Betty führte ihn durch das Vorzimmer zur Pawlatschen. «Möchten Sie wirklich ein Glas Wein?» fragte Betty und holte ein Glas aus der Küche. «Wie kommt es, dass Sie so gut Deutsch sprechen?» rief sie aus der Küche. «Ich lebe seit 20 Jahren in Deutschland.» rief der Mann zurück. «Das müssen Sie mir alles erzählen.» Betty goss Frizzante in das Glas. «Ich bin deutscher Staatsbürger.» sagte der Mann. «Und.» Der Mann hob das Glas und prostete Betty zu. «Ich bin kulturell angepasst. Ich trinke Wein.» Da lachten beide und Betty prostete zurück. «Wo fahren Sie denn hin?» fragte der Mann. «Norditalien.» antwortete Betty. «Darf man das schon?»

«Ja. Das geht mittlerweile wieder.» Betty goss sich selber nach. «Und wie lange wollen Sie wegbleiben?» fragte der Mann. Betty schaute ihn an. «Wissen Sie.» sagte sie nachdenklich. «Das werde ich sehen. Jetzt einmal muss ich weg. Einfach weg.» Der Mann lachte. «Ja. Das hat mich hierhergebracht. Dieses Gefühl, flüchten zu müssen. Dabei bin ich seit 20 Jahren eigentlich ohnehin auf der Flucht. Seltsam. Nicht wahr?»

Marlene Streeruwitz, geboren in Baden bei Wien, Studium der Slawistik und Kunstgeschichte, seit 1986 literarische Veröffentlichungen. Zahlreiche Preise für Hörspiele und Theaterstücke. Ab 1996 Romane und Novellen. *So ist die Welt geworden.* ist ein politisches Forschungsprojekt mit literarischen Mitteln im Kontext der seit 2001 erschienen Wahlkampfromane, die sie die Wahlen in Österreich begleitend im Internet veröffentlicht. Der Covid-19-Roman ist ihr 13. Roman. Bis zur Coronakrise in New York, London und Wien verortet. Derzeit Wien.